LA MUJER SIN MARIDO

LORI BEASLEY BRADLEY

Traducido por
ALINA ROCÍO TISSERA

Publicado 2021 por Next Chapter

UNO

La caída de Callie

En el nombre de Dios, ¿qué hice para merecer tal vergüenza y humillación?

Callie Jamison estaba sentada con su espalda erguida, usando su mejor traje negro y su sombrero: su vestimenta de luto. Se enjugó las lágrimas de rabia y vergüenza. En el asiento del acompañante del calesín de su marido, bajaban por la calle Principal de Ellsworth, Kansas. En aquella soleada mañana de junio, volvían del juzgado, lugar donde un juez acababa de disolver su matrimonio de diez años con Evan Jamison.

Fui una buena esposa.

Lágrimas de vergüenza mojaron la mejilla bronceada de Callie, quien se negaba a dirigirle la mirada a Evan. ¿Cómo pudo hacerle esto? Ahora era una mujer divorciada, una mujer sin marido. ¿Cómo soportaría la vergüenza y el ridículo? Las divorciadas eran destinadas a ser rechazadas.

—¡Ahí está, Callie! Tu nuevo hogar —dijo Evan con desprecio cuando detuvo el calesín frente a la Casa Ellsworth.

—No puedes estar hablando en serio —respondió Callie mientras miraba el edificio de tres pisos con estructura de madera y la leyenda «Casa Ellsworth» grabada en oro en la enorme ventana delantera—. No puedo quedarme en este lugar, tiene... mala reputación.

—El juez dijo que tenía que pagar por tu alojamiento y comida en una residencia adecuada —se burló Evan—. Ahora eres una mujer de mala reputación, Callie, así que esto te sienta muy bien, en mi opinión.

Evan comenzó a reírse mientras levantaba sus tres bolsos de viaje de la parte trasera del calesín.

—Apúrate, mujer —le grito Evan mientras cargaba sus bolsas y las dejaba en la entrada de la casa de huéspedes—. No tengo todo el día. Tengo un rancho que administrar.

Y supongo que vas a traer a esa niña a mi casa tan pronto como puedas.

Evan no había ocultado ni un poco su amorío con Polly Hardin, una chica de diecinueve años, hija de un vecino y antigua alumna de Callie en la escuela. Durante los últimos siete años, Callie había educado a los niños que vivían en Ellsworth.

Callie respiró hondo, se levantó la falda y se bajó del calesín. La brisa cálida y seca hizo que un mechón suelto de su cabello castaño se posara en sus ojos azules llenos de lágrimas. Callie lo volvió a colocar en su sitio con su mano enguantada. Sostuvo la cabeza en alto, se enderezó la chaqueta y caminó por el polvoriento sendero.

Le costó poner un pie delante del otro mientras seguía a Evan hasta el llamativo vestíbulo de la casa de huéspedes del pueblo, que también funcionaba como burdel, si los rumores eran correctos. Jóvenes mujeres con vestidos de encaje estaban sentadas en sillones tapizados en terciopelo rojo. Callie no necesitaba más pruebas para comprobar que los rumores eran correctos. La Casa Ellsworth era, de hecho, un burdel.

Le haré una solicitud al juez. No hay nada menos adecuado para una maestra de escuela y una mujer que va a la iglesia. Evan no puede estar hablando en serio.

—¿Cómo puedo ayudarlos? —preguntó un hombre alto

con cicatrices en la cara desde detrás del mostrador, observando las bolsas que Evan llevaba y a Callie. Los penetrantes ojos oscuros del hombre le provocaron un escalofrío a Callie.

—¿Tienes lista la habitación de la que te hablé, Caine? —preguntó Evan mientras le dirigía una sonrisa de satisfacción a Callie.

—Sé que querías que esté en el tercer piso —respondió Matthew Caine con la mirada puesta en Callie. Se lamió sus delgados labios y sonrió. —Pero he tenido que dejarla abajo con las chicas hasta que algo se desocupe allí arriba. Tengo la casa llena en este momento.

—Matt, ¿no es un poco vieja para que esté aquí abajo con nosotras? —preguntó una de las jóvenes mujeres. —Parece tan vieja como mi madre, e igual de mojigata con su cuello alto y su cabello recogido bajo ese sombrero de matrona.

Las demás mujeres rieron, y Callie sintió cómo sus mejillas enrojecían de vergüenza al tiempo que sus ojos se llenaban de lágrimas.

Le haré una petición al juez, incluso si me tengo que arrastrar hasta el juzgado de rodillas. No puedo quedarme en este lugar horrendo junto con estas mujeres.

—No me importa dónde carajo la pongas —gritó Evan y dejó caer las bolsas de Callie al suelo de madera pulida. —Ella no es más mi problema.

Levantó las manos en el aire, se dio la vuelta y abandonó el vestíbulo.

—Qué hombre tan encantador —murmuró con sarcasmo una de las jóvenes al acercarse a Callie. —¿Dónde la quieres, Matt? ¿En la vieja habitación de Ruthie?

El hombre alto asintió con la cabeza sin apartar la vista de los senos de Callie.

Puedo jurar que me está tomando las medidas.

—Vamos, cariño —dijo la chica y se inclinó para recoger dos de los bolsos de Callie—. Te mostraré tu habitación.

Callie se agachó, tomó su otro bolso, y siguió a la delgada pelirroja, quien pasó el mostrador y caminó por un estrecho y oscuro pasillo empapelado con el mismo llamativo tapiz del vestíbulo.

—Las chicas usamos estas habitaciones porque hay una puerta que da al exterior al final del pasillo para que nuestros clientes no tengan que salir por el vestíbulo —explicó la mujer señalando una luz difusa al final del pasillo—, y para que ese cabrón entrometido de Caine no sepa nuestras idas y venidas — añadió mientras abría una puerta al final del pasillo.

—¿No tiene llave? —preguntó Callie con los ojos abiertos y horrorizada ante tanta vulgaridad por parte de la joven.

La pelirroja llevó los bolsos de Callie a una habitación donde una gran cama con marco de bronce era el elemento central. En la pared opuesta había un armario alto. En una de sus puertas había un espejo ovalado con una fisura que lo atravesaba. Vio un lavamanos con una jarra y un cuenco, ambos esmaltados. Un orinal a juego estaba en el suelo junto a la cama. Al lado de la ventana se veía un pequeño tocador con un espejo ovalado arriba sobre la pared. La habitación olía como si el antiguo residente hubiera dejado el orinal lleno y nadie se hubiera molestado en vaciarlo.

—Me llamo Maisie —dijo la chica, estrechándole su pecosa mano—, pero la mayoría de las chicas me llama Ruby por mi cabello.

—¿Qué nombre te gusta más?— preguntó Callie tomando la cálida mano de la chica.

Maisie la miró perpleja como si nadie le hubiera hecho esa pregunta antes.

—Mi mamá y mi abuela siempre me llamaban Mae —le susurró—. Tú puedes llamarme Mae si quieres.

—Soy Callie —dijo mientras le estrechaba la mano—. Gracias por ayudarme con los bolsos, Mae.

—Por nada —respondió la linda chica con una sonrisa que acercó las pecas de sus mejillas a sus brillantes ojos verdes.

—Matt sí que es una molestia terrible, y un holgazán. Nos manda clientes, se lleva la paga y estamos seguras de que se queda con más del diez por ciento —dijo Mae entrecerrando los ojos—. Ten cuidado con él —le advirtió—. No me gustó la forma en que te miró.

Al menos no soy la única que se dio cuenta.

—Tendrás que conseguir tu propia agua de la bomba de atrás y llevar tu orinal al retrete de afuera. También está en la parte de atrás, pero puedes llegar fácilmente desde la puerta que está al final del pasillo.

Sus ojos recorrieron la habitación y se detuvieron en la cama, en donde se encontraba un delgado colchón sin almohada.

—Me temo que tendrás que conseguir tu propia ropa de cama —suspiró Mae—. La mayoría de nosotras cargamos la nuestra en el maletero cuando viajamos de ciudad en ciudad, pero tú puedes comprar ropa de cama nueva en el mercado de la calle.

—Gracias —dijo Callie frunciendo el ceño. No había considerado la ropa de cama cuando empacó sus cosas apresuradamente esa mañana. Asumió que Evan la llevaría al hotel y no la dejaría en este prostíbulo.

Sin embargo, Callie sabía perfectamente cuál sería el resultado en el juzgado. Evan y el juez Sterling jugaban juntos al póquer y Callie sabía que el hombre le concedería a Evan el divorcio que quería.

—¿Tienes dinero? —preguntó la chica con humildad—. Si no tienes, puedo darte unos cuantos dólares hasta que puedas conseguir los tuyos.

—Tengo un poco —respondió Callie con una débil sonrisa—, pero muchas gracias por la oferta.

—No es fácil ser una mujer y estar por tu cuenta —suspiró Mae—. Tienes que pagar todo. La mayoría de nosotras comemos en El Filete Jugoso, al otro lado de la calle. El viejo Jenkins canjea las comidas por una mamada en la cocina de vez en cuando, siempre y cuando su mujer no esté allí —dijo ruborizada.

Callie sonrió. Conocía a Hiram Jenkins.

—Creo que puedo pagar por mi comida.

—¡Casi me olvido! —añadió la chica mientras se dirigía a la puerta—, aquí está tu llave —dijo sacando la llave de la cerradura y entregándosela a Callie. —Todas llevamos la nuestra con nosotras. Nunca se las dejamos a Caine en la recepción cuando salimos.

—Gracias, Mae —dijo Callie—. Supongo que será mejor que guarde mis cosas y haga una lista de lo que necesito comprar en el mercado.

—Claro, señora —respondió Mae y abrió la puerta. Las risas joviales y agudas de las jóvenes entraron por la puerta y Mae puso los ojos en blanco. —Tabby debe haber contado otro de sus tontos chistes. Es tu vecina, por cierto, y te lo advierto ahora —dijo con un guiño, señalando con la cabeza la pared que separaba la habitación de Callie de la de al lado —. Tabby disfruta de su trabajo y puede ser muy ruidosa cuando lo hace.

Cuando la chica cerró la puerta, Callie se apresuró a ponerle llave y comprobó que funcionara con un giro de la perilla y un fuerte tirón. Una vez convencida de que la puerta era segura, se tomó un minuto para estudiar su nueva morada. Las paredes de yeso eran de un verde pálido y apagado, pero algunas grietas marcaban el yeso en ciertos lugares. Callie arrugó su nariz. No quería saber de qué eran las manchas que bajaban por la pared detrás de la opaca cabecera de metal de la cama.

Podría pintar para refrescar el ambiente. Pero me niego a considerar este lugar como mi residencia permanente.

La única ventana de la habitación no tenía cortina y cuando Callie se acercó a ella, notó huellas. Parecía como si se hubiera apoyado una cara contra el vidrio, tratando de echar un vistazo al interior.

Quizás a la antigua residente le gustaba hacer espectáculos para atraer posibles clientes.

Callie subió sus bolsos a la cama y sacó su ropa.

No tiene sentido dejar que se arruguen. No tengo plancha.

Sacudió cada prenda antes de colgarla en una de las perchas de madera del angosto armario. Cuando terminó, observó el escaso armario que guardaba seis faldas, seis blusas y varias chaquetas que había hecho con telas que combinaran y que podía combinarlas para ampliar sus conjuntos de seis a varias decenas.

En el lavabo, acomodó su cepillo y peine junto con algunos broches y cintas para su cabello. Sacó sus sombreros de una bolsa y los puso en el estante del armario junto con las pocas cosas de costura que había guardado a último minuto.

¿Cómo metes diez años de matrimonio en tres pequeños bolsos? Tuve que dejar tanto atrás.

Callie se desplomó en el delgado y desnudo colchón y lágrimas le recorrieron la cara.

¿Qué hice para merecer esto? ¿Envejecer? ¿Volverme estéril cuando di a luz a mi bebé y luego perderla por una fiebre? ¿Cómo es que todo eso es mi culpa? Pronuncié los votos que decían en las buenas y en las malas hasta que la muerte nos separe. Pensé que Evan también lo había hecho.

Una vez que se acabaron las lágrimas, se secó los ojos, tomó el sucio orinal junto con la jarra de su habitación y salió por la puerta trasera para buscar la bomba de agua. Mientras caminaba por el pasillo escuchó los sonidos de las chicas entreteniendo a los clientes en sus habitaciones. Las risas estridentes, los gruñidos, los gemidos y el golpeteo de las cabeceras se escuchaban desde el pasillo.

Al regreso, caminó apresurada con la jarra de agua fría salpicando sus brazos y el orinal recién limpio. Se quedó sin aliento cuando abrió la puerta de su habitación y encontró a Matthew Caine de pie junto a su armario, tocando el encaje de una bata que había colgado en una de las perchas.

—¿Qué haces en mi habitación? —espetó Callie cuando se acercó al lavabo para dejar la jarra dentro del cuenco.

—Bueno —respondió el hombre alto con una sonrisa mientras acercaba la cinta de encaje a su nariz—. De hecho, esta es una de mis habitaciones y pensé que los dos deberíamos tener una pequeña charla sobre las reglas de la casa y demás.

Él le dirigió una sonrisa y una mirada lasciva y Callie notó que la larga y arrugada cicatriz en su mejilla derecha levantó una de las esquinas de su boca.

—¿Reglas de la casa? —preguntó Callie incómoda.

Esto va a ser interesante.

Caine rodeó la cama y llegó al lado de Callie en dos rápidos zancadas gracias a sus largas piernas. —Déjame echarte un vistazo —dijo sacando la peineta del cabello de Callie. Sus espesas ondas castañas cayeron en cascada sobre sus hombros. Caine pasó la mano por su cabello mientras ella se quedaba tiesa a causa del miedo y la sorpresa. Retrocedió unos pasos para mirar lascivamente a Callie, quien con las botas puestas, medía unos 30 centímetros menos que Caine, de 1,80 m de estatura.

Nunca me trataron tan groseramente. ¿Quién se cree para entrar en mi habitación sin que lo inviten?

—Te agradecería que me quitaras las manos de encima y salieras de mi habitación —exigió Callie intentando zafarse de su agarre.

El gigante hombre sonrió y no dejó de sujetar su brazo.

—Eso es justo lo que pensé cuando te vi entrar por primera vez. Podrías hacer dinero aquí, a pesar de que tienes unos cuantos años encima.

Su mano se deslizó por su blusa y acarició uno de los pechos de Callie. Ella se estremeció ante su contacto e intentó alejarse.

—No tienes derecho a hacer eso —exclamó Callie y echó hacia atrás su mano para darle una bofetada.

—No, no —dijo Caine riéndose mientras sujetaba la otra muñeca delgada de Callie—. Si vas a ser una de mis chicas, vas a tener que aprender algunos modales.

Le soltó uno de sus brazos al mismo tiempo que al otro lo retorció detrás de la espalda de Callie, quien soltó un exclamación de dolor.

—Evan dice que eres un polvo promedio —dijo Caine, mirando fijamente a los ojos llenos de lágrimas de Callie— pero apuesto a que puedo entrenarte para que seas mucho mejor que el promedio.

Empezó a jugar con los botones de su blusa blanca de algodón.

—Ahora, veamos con qué tenemos que trabajar aquí.

Tiró de uno de los extremos de la cinta con forma de moño para desatar su camisola. Los diminutos botones frustraron su objetivo por lo que abrió la camisola de un tirón para exponer los robustos pechos de Callie.

—Sí, son bonitos —dijo mientras acariciaba uno de sus pezones con la punta de su dedo, provocando que se pusiera rígido.

¿Cómo me escaparé de este lío?

—¡Suéltame, bestia! —gritó Callie y arañó la gran mano de Caine. Dejó escapar un grito espeluznante, pero el hombre simplemente le sonrió.

—Eso no te va a servir de nada, cariño —dijo riéndose y le pellizcó el pezón con más fuerza mientras Callie luchaba para escarparse.

—¿Qué mierda estás haciendo, Matthew Caine? —gritó Mae mientras entraba rápidamente por la puerta con otra de las chicas que estaba en el vestíbulo.

Caine soltó a Callie y miró con furia a Mae.

—Lo que estoy haciendo no es asunto tuyo, Ruby, así que lárgate y déjame terminar con ella.

Le dirigió una mirada enfurecida a Callie, quien intentaba torpemente abotonar su blusa.

—Se terminó tu juego, grandulón —dijo la otra chica y tiró de la manga de Caine hasta que los dos salieron de la habitación.

Mae cerró la puerta y giró la llave en la cerradura.

—Te dije que Caine era un imbécil —recriminó Mae—. ¿Por qué le dejaste entrar en tu habitación?

—No lo hice —protestó Callie apartándose el cabello de la cara—. Salí a por agua y estaba en mi habitación cuando volví.

Mae puso sus grandes ojos verdes en blanco. —Por eso te dije que cerraras tu habitación y te llevaras la llave cuando salieras —explicó—. Si no lo haces, el gran idiota revisará tus cosas y esperará para abalanzarse sobre ti cuando regreses. Se cree que es el dueño de todas y que puede hacer lo que quiera cuando le apetezca.

—Oh, cielos —suspiró Callie— ¿Cómo pueden aguantar eso?

Callie se puso su chaqueta y bajó las mangas, frotándose el brazo donde Caine lo había torcido.

—Si tú o tu amiga no hubieran entrado, creo que él habría...

Los ojos de Callie se llenaron de lágrimas otra vez mientras miraba la cama.

—Sí —confirmó Mae—, estoy segura de que eso es exactamente lo que pretendía. Pero no te preocupes por eso —dijo con una sonrisa— estoy segura de que Trudy lo está poniendo en su lugar ahora mismo.

—¿Trudy?

—La chica rubia que estaba conmigo —explicó—. Cuando entramos y vimos que Caine no estaba holgazaneando en su silla en la recepción, tuve la sensación de que podría estar aquí acosándote —continuó Mae mientras examinaba una de sus horquillas de peltre—. Traje conmigo a Trudy porque a ella le gusta Caine y no soporta ninguna mierda de él.

—Cielos —suspiró Callie, recordando a la delgada joven de ojos azules que había sacado a Caine de la habitación.

—Venía a ver si querías acompañarme al mercado —comentó Mae mientras pasaba sus dedos por las duras cerdas del cepillo de Callie—. Martin tiene una nueva orden de tela que sería perfecta para la ropa de cama y las cortinas de tu habitación, si es que te quedas aquí, claro.

Callie miró el colchón desnudo y suspiró.

—No sé si me quedaré, pero supongo que tendré que hacer algo si quiero tener algo para dormir esta noche.

DOS

El fin del viaje

—Pongan a esas vacas en el corral y prepárenlas para pasar la noche —le gritó Clayton Swift a sus empleados—. Las tendremos aquí durante la noche y veremos al comprador por la mañana.

—¿A dónde se va, jefe? —preguntó Tom Draper mientras cabalgaba al lado de Clayton.

—Necesito un baño y una comida caliente que no haya sido preparada por ese inútil gusano de Forsythe.

Draper puso los ojos en blanco y se limpió la frente con la manga.

—Tienes razón. ¿Dónde lo encontraste a ese tipo?

Clayton encogió sus cansados hombros.

—Thompson lo contrató para el arreo antes de que nos fuéramos. No tengo idea de dónde lo sacó.

—Seguro que no cocinaba para un restaurante… o tal vez el restaurante tenía cerdos como clientes —dijo Draper entre risas—. Veré que el rebaño se duerma, jefe, y acompañaré a los hombres al pueblo para evitar que destrocen el lugar.

—Recuérdales que no habrá paga hasta mañana —advirtió Clayton—. Si se emborrachan y rompen algo del salón sin tener ni una moneda para pagar los daños, pasarán la noche en la cárcel de Ellsworth.

Draper sonrió y se quitó el sombrero polvoriento.

—Lo haré, jefe. Disfrute de su baño y su cena.

Clayton se alejó con su caballo de los corrales ubicados en la estación del ferrocarril y se dirigió al pueblo. Hace dos años, Abilene, dentro de la ciudad de Ellsworth en Kansas, se había convertido en estación de embarque de los ferrocarriles transportadores de ganado que se dirigía al este, después de que los progresistas del ayuntamiento de la ciudad de Abilene prohibieran la venta de alcohol y pusieran restricciones a las prostitutas.

A los vaqueros no les gusta andar durante meses por el caluroso y polvoriento camino sin nada que esperar al final. Si no pueden emborracharse y descargar su miembro con una prostituta al final, no querrán apuntarse a ningún arreo. Cuando los rancheros empezaron a tener problemas con las cuadrillas y los compradores ya no tenían rebaños para comprar en Abilene, los frustrados ganaderos fueron al ferrocarril e insistieron en que se construyera una estación en Ellsworth. El Ayuntamiento se mostró mucho más complaciente con los vaqueros y apreció el negocio que trajeron a su ciudad.

Clayton se dirigió al mercado, donde pretendía comprar una camisa y un pantalón.

—Disculpen, señoritas —le dijo Clayton a dos mujeres en la tienda— ¿cuál de estas creen que me queda mejor?

Sostuvo en alto una camisa estampada de color rojo brillante y otra de cuadros azules oscuros. La más joven de las mujeres puso un dedo bajo su nariz y soltó una risita, pero la otra, un poco mayor y posiblemente la madre, sonrió cálidamente y señaló la azul.

—Esa va mejor con tus ojos —dijo amablemente— y además, creo que el rojo podría provocar una estampida.

Clayton dobló rápidamente la camisa roja y la devolvió a la mesa.

—Probablemente tenga razón, señora —dijo con una sonrisa y un guiño. Luego llevó las prendas al mostrador.

Se metió el pantalón y la camisa bajo el brazo y le dio otro vistazo a la mujer. Dejó la tienda y se dirigió a la barbería, donde esperaba poder darse un baño, afeitarse y cortarse el cabello. Luego de tres meses de viaje, durmiendo en el suelo y usando la misma ropa, su parada más importante era la barbería. Por lo general tenía un juego extra de ropa en sus alforjas, pero había tenido que usarla debido a una tormenta de lluvia y una caída en el barro.

—¿Cómo está, señor Swift? —lo saludó el barbero cuando entró en la tienda—. ¿Con qué viaje terminó hoy?

—Thompson se dirige a El Paso —respondió Clayton mientras tomaba asiento en la silla del barbero.

—¿Quiere lo de siempre, señor Swift?

—Por favor.

—Entonces póngase cómodo mientras pongo el agua en el fuego para su baño.

Clayton asintió con la cabeza y se acomodó en la silla mientras esperaba. Cerró los ojos y recordó la cara bonita de la mujer de la tienda. Se había quedado en la rambla y había esperado un poco hasta que la mujer y su hija salieron del mercado cargadas con paquetes envueltos en papel marrón y atados con cuerda.

Verlas caminando juntas y riendo le recordó a Clayton las cosas que se había perdido al elegir la vida de un vaquero. Nunca se había casado, nunca había llegado a conocer a una mujer lo suficiente como para querer sentar cabeza en un lugar. Con cincuenta años, sabía que ya había pasado la edad de pensar en tener hijos. Por supuesto, un hombre necesita una esposa antes de engendrar hijos y Clayton no la tenía.

—El agua debería estar lista para cuando termine de

afeitarte —dijo el barbero mientras arrojaba una toalla alrededor del cuello y los hombros de Clayton.

Charlaron sobre el clima, sobre el arreo, y sobre cómo Ellsworth estaba creciendo.

—Tenemos gente nueva mudándose todo el tiempo —dijo el barbero mientras le afeitaba la barba de las mejillas y la barbilla a Clayton con una navaja afilada—. Por supuesto, las esposas y sus fastidiosos amigos de la iglesia no están muy contentos con todas las putas que hay en el pueblo de Abilene —continuó mientras limpiaba la navaja—. Si fuera por ellas, quemarían la maldita casa Ellsworth con todos los inquilinos encerrados dentro.

—A mí no me hace daño ver todas esas caras bonitas y pechos alegres paseándose por la ciudad.

El barbero terminó de afeitarlo, y Clayton fue al cuarto de atrás para quitarse la suciedad y algunas de las contracturas en la bañera de cobre llena de agua caliente.

Tal vez estoy demasiado viejo para estos arreos de tres meses. Tal vez debería buscarme una pequeña granja, una mujer cariñosa, y dejarles la vida de vaquero a hombres más jóvenes como Draper.

Clayton se sentó en el agua. Una vez que se enfrió, salió y se secó con una sábana de algodón. Luego se puso sus calzoncillos largos, sus pantalones nuevos y su camisa.

—¿Cuánto te debo? —le preguntó Clayton al ocupado barbero.

El hombre frunció el ceño.

—Hoy serán dos centavos, señor Swift. Con todos los nuevos negocios en la ciudad, pensé que debía subir un poco los precios.

Clayton asintió, buscó las monedas en su bolsillo y le pagó al hombre.

Aumentar un poco es una cosa, pero dos centavos por un corte y un baño es el doble de lo que pagué la última vez.

Salió al aire fresco de la tarde, se pasó una mano por su cabello gris limpio y húmedo y sonrió.

Supongo que estar limpio por primera vez en tres meses vale dos centavos.

Clayton dobló por el paseo marítimo y se dirigió hacia El Filete Jugoso. La última vez que visitó la ciudad, la comida de allí había sido buena y estaba a un precio razonable.

Entró en el concurrido café y esbozó una sonrisa cuando vio a la mujer bonita de la tienda, sentada sola.

—Bueno —dijo mientras se acercaba a su mesa— ¿qué te parece? —Señaló su nueva remera—. ¿Estás sola? ¿Puedo acompañarte?

Ella le sonrió cálidamente y lo invitó a sentarse en una silla vacía.

—La camisa se ve y huele mucho mejor que la otra.

Clayton se sentó con una sonrisa. —De eso estoy seguro —dijo ofreciendo su mano en señal de saludo. —Soy Clay... Clayton Swift.

—Encantado de conocerte, Clay —respondió con una cálida sonrisa recibiendo su saludo—. Soy Callie Jamison.

—¿Qué hay de bueno aquí, Callie Jamison? —preguntó mientras observaba la pequeña habitación.

Una pareja entró en el café.

—No lo he visto en el pueblo, señor Swift. ¿Es usted nuevo en Ellsworth?

—Estoy con el ganado de Texas —explicó asintiendo en dirección a la terminal del ferrocarril.

—¿Qué le puedo servir hoy, señora Jamison? —preguntó un hombre corpulento con un delantal blanco y las mangas arremangadas por encima de los codos.

—¿Qué es lo que está cocinando su esposa hoy, señor Jenkins? —preguntó Callie.

—Hoy le ofrecemos un rico pastel de paloma y también tenemos filetes de alce frescos —respondió Jenkins.

—El filete suena bien para un vaquero hambriento —dijo Clayton—. ¿Con qué viene?

—Papas y frijoles fritos —respondió Jenkins dirigiendo su mirada a Callie.

—Yo pediré un plato de ese pastel de paloma y un vaso de sidra, si tienes.

—Por supuesto, señora —dijo el señor Jenkins—. Y a usted, señor, ¿qué le gustaría beber?

—Café, por favor —respondió Clayton.

Jenkins asintió con la cabeza y caminó hacia la cocina.

—¿Dónde está su hija esta noche? —preguntó Clayton.

—¿Mi hija? —preguntó Callie con la cara fruncida por la confusión.

—La joven con la que estuviste en la tienda hoy. Creí que era tu hija —explicó Clayton— ¿No lo era?

Callie le sonrió al vaquero.

—No, Mae es solo una chica que vive en la misma casa de huéspedes. Salí a recoger unas cuantas provisiones y me acompañó al mercado.

—Le pido perdón, entonces —dijo Clayton quitándose el sombrero—. La chica se parece un poco a ti.

—Bueno, gracias —dijo Callie con sus mejillas enrojecidas —. Mae es una chica guapa.

—Entonces, ¿vives en la casa de huéspedes? —preguntó Clayton levantando una ceja.

—Hola, señorita maestra —interrumpió alguien.

Callie levantó la vista y se encontró con Marvin Taylor, el borracho del pueblo, mirándola fijamente, y con un hilo de baba que bajaba por su barbilla rasposa.

—¿No eras tú en la parte de atrás de Ellsworth sacando agua de la bomba? —murmuró el hombre borracho y se acercó para poner un brazo sobre los hombros de Callie—. ¿Has decidido cambiar de profesión durante los meses de verano? —preguntó, mirando fijamente a los pechos de Callie.

—¿Disculpe? —gritó Callie sacándose de encima a Marvin.

—¡Oye!

—Señor —intervino Clayton poniéndose de pie—. No creo que a la señora le interese su atención. ¿Por qué no se va de aquí y deja a la dama en paz?

El borracho resopló.

—No es una dama si vive en la Casa Ellsworth —se burló Marvin—. Solo hay un tipo de mujer que vive en la Casa Ellsworth y seguro que no es una dama.

El señor Jenkins se acercó para ver cuál era el problema y para dejar las bebidas que habían pedido.

—¿Marvin los está molestando? —preguntó mientras ponía las bebidas en la mesa y se encargaba del borracho—. Ya te lo he dicho antes, Marvin, tienes que quedarte al lado de la puerta de atrás para cenar.

Jenkins condujo a Marvin a la cocina y pronto volvió con los platos de comida humeando.

—Esto se ve bien —dijo Clayton mientras cortaba el suculento bistec. Se metió un trozo en la boca y cerró los ojos mientras lo masticaba. —No he probado comida como esta en mucho tiempo —dijo con una mirada satisfecha en su hermosa cara, completamente afeitada, excepto por un bigote blanco que enmarcaba su boca.

Callie probó un pequeño pedazo de su pastel de paloma. El vergonzoso encuentro con Marvin le había quitado el apetito. Solo podía pensar en lo que el vaquero debía pensar de ella tras el despotrique de Marvin sobre el tipo de mujeres que viven en el Ellsworth.

—¿Cómo terminaste viviendo en la Casa Ellsworth? —preguntó Clayton después de haber comido gran parte de su comida.

—Fue mi exmarido —respondió Callie apuñalando un trozo de paloma de su pastel.

—De acuerdo —dijo Clayton levantando su ceja blanca.

—Mi marido, Evan, me cambió por la niña de al lado, y me dejó en el Ellsworth hasta que yo encuentre algo más adecuado.

—¿Tienes los medios para hacer eso? —preguntó Clayton.

—No por el momento —admitió Callie—. Enseño en la escuela durante los meses de invierno cuando los niños no trabajan en los campos, pero hasta entonces, tendré que encontrar otra fuente de ingresos —dijo con un ligero encogimiento de hombros.

—Espero que no hagas lo mismo que las otras mujeres del Ellsworth —dijo con una risa nerviosa.

—No —respondió ella, sonrojándose de nuevo. —Aunque, no sé cuál sería el problema —resopló Callie—. He pasado los últimos diez años acostándome con un hombre, que obviamente se preocupaba poco y nada por mí, para mantener un techo sobre mi cabeza.

Se encogió de hombros.

—¿Es muy diferente de lo que hacen esas mujeres?

Al otro lado de la mesa, Clayton se quedó pensativo.

—Bueno, cuando lo dices de esa manera, puede que tengas razón.

TRES

Cayendo aún más bajo

Callie vio al vaquero irse del Filete Jugoso y sonrió. Hacía mucho tiempo que no tenía una conversación agradable con un hombre durante la cena. Durante el último año, Evan se había vuelto más distante, pasando horas fuera del rancho hasta que una tarde, mientras buscaba bayas, Callie los encontró a él y a Polly Hardin revolcándose desnudos entre los arbustos.

Ahora la chica afirma que está embarazada, y Evan quiere casarse con ella.

Tiene cincuenta y cinco años, por el amor de Dios. ¿Realmente cree que puede lidiar con un bebé llorón y una adolescente malhumorada como esposa?

Perdida en sus pensamientos, Callie no vio al señor y la señora Martin acercarse a su mesa hasta que oyó al flacucho propietario del mercado aclararse la garganta.

—Buenas noches, señora Jamison —saludó el señor Martin sin sonreír.

—Buenas noches —respondió Callie con cordialidad.

Ambos parecen haber mordido un pepinillo agrio.

—Debo admitir que estoy preocupado, señora Jamison —dijo Martin frunciendo el ceño—. Mi esposa me dice que hoy estuvo en la tienda con una de esas pequeñas mujerzuelas del Ellsworth. ¿Es eso verdad?

Callie miró a Amelia Martin. La mujer del propietario del mercantil se negó a mirar a Callie a los ojos.

—Estoy segura de que si su esposa dijo que estaba en la tienda, entonces estaba en la tienda. Creo que gasté unos ocho dólares —añadió Callie.

—Ha leído la cláusula de ética en su contrato de trabajo, ¿no es así? —Le preguntó el señor Martin mirando a Callie con sus pequeños y brillantes ojos marrones que le recordaban a los del halcón que molestaba a sus pollos en el rancho.

—Sí —respondió ella, preocupada por primera vez—. Pero no entiendo cómo ir a hacer compras con alguien puede ser visto como algo inmoral.

—Si no lo entiende, señora Jamison, me temo que hemos cometido un grave error al renovar su contrato con la escuela. Primero, sale con una mujerzuela, actuando como si no le importara nada y luego venimos aquí esta noche y la encontramos con un hombre en público quien además, no es su marido.

—Ya no tengo marido, señor —dijo Callie.

—¿Ya no tiene marido? —jadeó la señora Martin con los ojos muy abiertos—. ¡Santo cielo!

—En ese caso, lamento decir que ya no está capacitada para enseñarles a los jóvenes e influenciables niños de Ellsworth, señora Jamison —dijo Martin—. Afortunadamente, tenemos otra candidata viable para el puesto: la joven Polly Hardin, una de sus antiguas alumnas, creo.

No puedo creerlo, primero, la pequeña zorra me roba a mi marido, y ahora va tras mi trabajo.

Callie respiró hondo.

—Bueno, espero que disfruten de la boda.

Callie recogió su bolso, se puso de pie y pasó por delante de los Martin.

—¿Qué boda? —preguntó la señora Martin.

—La de Evan y Polly —respondió ella en voz alta para que los otros comensales pudieran oír—. Parece que alguien ha embarazado a la pequeña Polly Hardin, y Evan cree que el bebé podría ser suyo, así que me ha dejado de lado y planea casarse con esa pequeña fulana.

Callie hincó con su dedo al señor Martin en el pecho.

—Quizás deberías haberle dado una copia de esa cláusula ética para que la leyera, aunque la comprensión lectora nunca fue lo suyo. Tampoco recuerdo que haya aprobado el examen estatal de profesorado. ¿Cuándo tomó ese examen?

Callie pasó por delante de la pareja boquiabierta y salió furiosa por la puerta justo cuando los otros comensales empezaban a susurrar entre ellos. Estaba segura de que la desgracia de Polly sería de conocimiento común en todo Ellsworth y sonrió con malicia.

Ahora, ¿qué se supone que haga? Con el trabajo en la escuela ganaba solo tres dólares al mes, pero me alcanzaba para pagar mis gastos imprevistos como la tela de los vestidos nuevos. Evan debe pagar mi alquiler, pero debo alimentarme. Las comidas en El Filete Jugoso no son gratis, y no pienso pagarlas como lo hacen Mae y las demás.

CUATRO

Debe alimentarse

Callie irrumpió furiosa en el vestíbulo de la Casa Ellsworth Dentro había cuatro mujeres sentadas con sus batas abiertas mostrando corsés que exhibían sus pechos apretados. Dos de ellas le sonrieron al pasar, pero no la saludaron. Desde detrás del mostrador, Caine la miró con desprecio. Callie lo ignoró, aliviada de no tener que encontrarlo dentro de su oscura habitación. Cerró la puerta con llave tan pronto como entró. El tenue brillo de la lámpara que había encendido antes de salir envolvió la habitación con parpadeantes sombras color ámbar. Callie encendió la llama y la habitación vacía se iluminó. Se alegró con su nueva lámpara, su única gratificación del día.

En general, Callie solo había comprado lo esencial en el mercado; tela de lino para una funda de colchón, una almohada de plumas, algo de jabón para el baño, tela para el cobertor y para las cortinas, e hilo. La lámpara, con su globo de vidrio esmerilado color lavanda y su depósito de aceite montado sobre una base de latón opaco, había sido un capricho. Callie había estado a punto de devolverla a la estantería varias veces. Cincuenta centavos por un bonito trozo de vidrio era una frivolidad, se había dicho a sí misma, pero Mae había señalado cómo el vidrio hacía juego con las violetas de la tela que había escogido para su cobertor, las fundas de almohada y las cortinas.

Callie pasó su mano sobre el globo de cristal.

Después del día que he tenido, tengo derecho a un poco de frivolidad aunque me cueste medio día de alquiler en esta casa de mala reputación.

Los paquetes envueltos estaban en el colchón donde ella los había dejado antes de salir a cenar. Desenvolvió el pesado paquete de tela plegada. Coser siempre había sido una de sus alegrías y tenía la intención de embellecer esta horrible habitación. Movió los otros paquetes pequeños y extendió una sábana de lino sobre el feo y manchado colchón. La señora Martin había cortado los trozos de dos metros del rollo de tela, así que todo lo que Callie tendría que hacer eran dobladillos en los extremos.

Me ocuparé de eso mañana.

Metió el extremo de uno de los trozos debajo del colchón para asegurarlo y extendió el otro para usarlo como funda. Arrojó las almohadas sin funda a la parte superior de la cama. Su próximo proyecto serían los fundas de las almohadas y un cobertor. Satisfecha de tener algo parecido a una cama, se sacó su vestido negro, tiró a un lado la camisola que Caine había rasgado y se puso su camisón de algodón. Pasó la mano por la suave y gastada tela y sonrió ante su reflejo.

Dudo que atraiga a muchos clientes, sentándome en el vestíbulo y vistiendo esta cosa vieja.

Cuando Callie estaba a punto de meterse en la cama, se escucharon los gritos de una mujer maldiciendo desde el pasillo. Se puso su bata antes de ir a la puerta y asomarse. Un vaquero a medio vestir se dirigía con dificultad hacia la puerta trasera mientras Trudy le lanzaba sus botas y lo insultaba con palabras que Callie nunca antes había oído salir de la boca de una mujer.

Sospecho que adquiriré un nuevo y colorido vocabulario mientras viva aquí.

—Es solo otra noche con una tanda de viajeros aquí en el pueblo —explico Mae con una sonrisa en su cara.

—Cielos —dijo Callie saliendo al pasillo. Apretó la bata alrededor de su cuerpo y la sujetó con la cinta de algodón.

—Es bonita —dijo Mae, señalando la bata—. ¿Dónde la compraste? Nunca he visto una como esta en lo de Martin.

—La hice yo —dijo Callie con las mejillas enrojecidas.

La puerta trasera se cerró de golpe cuando el vaquero salió de la Casa Ellsworth y Mae hizo un gesto para que Callie la siguiera mientras trotaba por el pasillo en dirección a la puerta de Trudy. Varias de las mujeres se apiñaron alrededor de la pequeña rubia alborotada.

—¿Qué ha pasado? —preguntó Mae mientras se acercaba a la joven que lloraba.

—Mira lo que ese asqueroso hijo de puta le hizo a mi ropa nueva —exclamó, sosteniendo una tira de encaje arrancada de la parte superior de su camisola de seda—. Lo recibí ayer desde St. Louis —sollozó— y mira lo que hizo. Pagué cinco dólares por la camisola y por los calzones que hacen juego y ahora está destrozada.

Muchas de las mujeres asintieron conmovidas y Mae rodeó a su amiga con su brazo.

—Vamos, cariño —la arrulló Mae dulcemente mientras guiaba a la niña sollozante de vuelta a su habitación—. Vamos a sacarte esto y a ponerte el camisón. Desabrochó con cuidado los diminutos botones de perlas que quedaban en la delicada prenda, la deslizó por los hombros de Trudy y la arrojó al suelo junto con la cinta de encaje.

Mientras Mae ayudaba a Trudy a ponerse su camisón, Callie se inclinó y recogió la prenda desechada, sorprendida por la ligera y suave tela. Nunca antes había sentido la seda. Gracias a la luz de la lámpara de Trudy, pudo ver dos de los diminutos botones que habían sido arrancados y los recogió. Examinó la prenda y sonrió.

—No llores, Trudy —le dijo Callie a la triste joven—. Puedo arreglarte esto; quedará como nuevo.

Trudy levantó la cabeza, con los ojos muy abiertos. —¿De verdad?

—Claro —dijo Callie con una sonrisa—. Solo tengo que recoger el encaje y unirlo otra vez —explicó examinando la prenda un poco más de cerca—, coser los ojales y volver a colocar estos pequeños botones.

Callie le mostró uno de los pequeños botones que había encontrado.

—Te lo devolveré mañana —le aseguró Callie con una sonrisa.

—¿Ya ves? —dijo Mae suavemente mientras limpiaba la cara llena de lágrimas de Trudy con un paño húmedo—. Todo va a estar bien.

—¿Por qué demonios están haciendo tanto ruido ahora? —gruñó Caine desde la entrada.

—Ese maldito vaquero que mandaste aquí —gritó Trudy mirando al hombre alto— rompió mi nueva camisola de seda tratando de agarrar mis malditos pezones. No puedo entender por qué se obsesionan con mis pezones. ¿Por qué no pueden conformarse con lo que hay entre mis piernas? —Les dijo a Mae y a Callie sacudiendo la cabeza.

—Bueno —gruñó Caine— sécate las lágrimas y vuelve al vestíbulo. La noche es joven, y tenemos dos tandas de viajeros en el pueblo.

Caine observó a Callie y esbozó una sonrisa.

—Deberías unirte a ellas. Te puedo hacer entrar en el negocio en un abrir y cerrar de ojos. A algunos de esos jóvenes vaqueros les apetecería echar un polvo con una señora como tú.

—Ya cállate —le dijo Trudy con el ceño fruncido mientras pasaba por delante del hombre de altura anormal en el pasillo —. Callie va a arreglar mi camisola, así que déjala en paz, Matthew Caine.

Caine puso los ojos en blanco, regresó al pasillo y siguió a la pequeña rubia.

—Ese hombre es un verdadero cerdo —gruñó Mae al lado de Callie.

—¿No lo son todos? —agregó Callie, pensando en su antiguo marido.

—¿De verdad puedes arreglarlo? —preguntó Mae junto a la puerta de la habitación de Callie señalando con su cabeza a la camisola que tenía Callie entre sus manos. —Esta es nuestra ropa de trabajo —dijo, pasando una delicada y pecosa mano sobre su simple bata de algodón—, gastamos la mayor parte de nuestro dinero en estas ropas y tratamos de sacarle todo el provecho posible.

—Entiendo. Me pondré a trabajar a primera hora de la mañana cuando tenga más luz. ¿Sabes dónde puedo conseguir una silla?

Mae se encogió de hombros.

—Podría haber una o dos abajo en el sótano. Le preguntaré al imbécil —dijo mirando hacia el mostrador del vestíbulo.

—Te lo agradecería —dijo Callie y entró en su habitación donde cerró la puerta con llave, dejó la camisola sobre su tocador y se deslizó bajo sus sábanas.

Al salir el sol, el canto de un gallo despertó a Callie. Dio una vuelta en el delgado colchón y escuchó el silencio. La noche había sido todo menos silenciosa. Las risas estridentes de las mujeres en el vestíbulo y el golpeteo de las botas en el pasillo habían mantenido a Callie en vela hasta altas horas de la madrugada.

¿Así va a ser mi vida ahora? ¿Cuán más bajo puedo llegar?

Callie se levantó de la cama para ponerse en cuclillas sobre el orinal que había limpiado a fondo el día anterior. Solo se oían los crujidos ocasionales de las paredes, propias de un edificio antiguo.

Supongo que todos aquí duermen de día y trabajan durante toda la noche.

Estaba contenta por la agradable cena que había tenido la noche anterior. No iba a ir a desayunar al otro lado de la calle. Durante la noche en vela, se había atormentado por su situación financiera, y había llegado a la conclusión de que una comida al día tendría que ser su límite hasta que pudiera encontrar una fuente de ingresos.

Sin embargo, me vendría bien una taza de café.

CINCO

Lil, de Texas

Cuando Callie se sentó para empezar a coser, alguien tocó suavemente la puerta. Se levantó y se apresuró a cruzar la habitación para ver quién era. Una mujer robusta y guapa vestida de negro se mantenía de pie en el pasillo con la ayuda de un bastón de mango plateado.

—Oí que otro viejo pájaro se había mudado a la casa —dijo la mujer con una amplia sonrisa dibujada en su rostro empolvado—. Soy Lil. ¿Puedo entrar?

Callie mantuvo la puerta abierta. Lil entró y observó la habitación.

—Ruthie nunca hizo mucho con esta habitación —suspiró Lil—. Era una basura sin clase en mi opinión.

—¿Cuánto tiempo llevas viviendo aquí? —preguntó Callie invitándola a sentase en el banco acolchado frente al tocador.

—¿En Kansas, en Ellsworth, o en este basurero? —preguntó Lil mientras se sentaba.

—¿Todo lo anterior? —respondió Callie con una sonrisa incómoda.

La mujer mayor pasó su mano arrugada sobre su cabello ondulado y plateado que parecía ser muy suave.

—Bueno, déjame ver —suspiró hondo —Dejé Texas

hace varios años y terminé en Abilene. En aquel entonces me llamaban Lil de Texas —añadió con orgullo—. Conduje a algunas chicas a una casa de por allí hasta que los malditos progresistas con sus políticas prohibicionistas nos echaron de la ciudad —continuó Lil enojada—. Seguí a algunas de las chicas hasta aquí dos años atrás y pensé que podría retirarme con estilo y comprar una casita con patio y todo —suspiró— pero no pude, y acabé aquí en esta encantadora morada.

Respiró profundamente.

—Y ¿cuál es tu historia, cariño? ¿Cómo terminaste en este lamentable lugar? No estás en el negocio, ¿verdad?

—Dios, no —jadeó Callie—. Acabo de cumplir cuarenta años. ¿Quién querría pagar para estar con una anciana como yo?

—Te sorprenderías, cariño —dijo Lil guiñando un ojo—. Te sorprenderías.

Callie observó cuidadosamente a la mujer. Su vestido era de lino de buena calidad. Estaba muy bien hecho y probablemente era muy caro. Llevaba un broche de cornalina en la garganta y pendientes de oro colgaban de sus orejas. Anillos de piedras preciosas decoraban la mayoría de sus dedos.

Apuesto a que era una mujer guapa de joven. Nunca hubiera pensado que había sido prostituta. Se parece más a una matrona de la iglesia, excepto por las joyas y el rubor en sus mejillas.

—Tenía un marido —comenzó Callie con un suspiro—. Decidió que quería una mujer más joven, se divorció de mí, y me abandonó aquí —explicó mientras recorría la habitación de mala muerte.

—Divorcio —escupió Lil—. En mis tiempos, si un hombre quería probar un coño nuevo, se buscaba una puta para pasar la noche y mantenía a su familia intacta. Ahora se divorcia de su esposa —gruñó ella, sacudiendo la cabeza—. Es vergonzoso, destrozar una familia y lastimar a los niños.

—¿Tienes hijos, Lil? —preguntó Callie casualmente al mismo tiempo que recogía la camisola rota de Trudy.

—Tengo un hijo... en algún lugar —suspiró y se encogió de hombros—. Estamos... distantes… ¿Y tú, cariño?

Callie sacudió la cabeza observando las costuras.

—Tuve una niña —susurró—, pero volvió con Dios dos años después de que me la diera. Después de ella, no pude tener a nadie más.

—Siento oír eso, cariño —dijo Lil y observó a Callie mientras reemplazaba los diminutos botones del trozo de tela de seda—. ¿Piensas en entrar al negocio? Las prendas de seda como esas son caras —agregó Lil levantando una ceja.

—¡No! —exclamó Callie levantando la vista de la delicada camisola—. Esto le pertenece a una chica al final del pasillo —dijo con una sonrisa avergonzada—. Un vaquero se fue un poco de las manos anoche y la rompió.

—Tienden a hacer eso después de pasar unos meses en el recorrido.

—¿Dónde está tu niño ahora? —preguntó Callie.

—Ya no es más un niño —dijo Lil con el ceño fruncido—. No lo he visto en casi cuarenta años.

—Eso es mucho tiempo —dijo Callie mientras recolectaba el encaje para fijarlo a la camisola.

—Se fue de casa cuando tenía quince años —suspiró Lil —. No pudo soportar la humillación de tener a la puta del pueblo como madre.

—¿Eras una…, cuando...?

Callie no se atrevió a escupir la pregunta y se ruborizó.

—¿Si era una prostituta cuando tuve a mi hijo?

Lil esbozó una sonrisa.

—Todas estas chicas tienen una triste historia para contar sobre cómo llegaron a esta vida —dijo Lil— y yo no soy diferente. Como tú, tuve un marido en Texas, pero fue asesinado por los indios. Estaba sola y mi familia estaba en Georgia. No podía viajar a casa con un nuevo bebé que cuidar, así que empecé a recibir a algunos clientes del asentamiento cercano en la privacidad de mi casa. Texas era un lugar salvaje en ese entonces.

Se puso de pie y comenzó a pasear por la habitación.

—Cuando mi hijo creció y empezó a darse cuenta de las cosas, nos mudamos a la ciudad y trabajaba en un hotel.

Lil frunció los labios y suspiró.

—Pero tu hijo estaba creciendo y los chicos de la escuela intercambian historias —dijo Callie, recordando las conversaciones que había escuchado entre algunos de los estudiantes en la escuela.

—Me temo que sí —suspiró Lil —y un día se marchó para unirse a un arreo de ganado y... nunca volvió.

Levantó las manos y exhaló.

—Con la excepción de que perdí a mi hijo, el negocio fue bueno para mí. Si decides darle una oportunidad, hazlo —dijo Lil mientras se movía hacia la puerta y su pesada falda se balanceaba sobre su enagua mientras caminaba. Se volvió con una mirada seria y apuntó con el dedo a Callie.

—Pero nunca mires atrás con arrepentimiento, cariño. Una mujer sola tiene muy pocas opciones. Debemos crear nuestras propias oportunidades en esta vida, Callie, porque ningún hombre nos va a dar una. Los hombres solo quitan, —dijo Lil mientras abría la puerta— nunca dan.

Callie consideró las palabras de Lil mientras terminaba de coser la camisola de Trudy. Sostuvo la delicada prenda en alto cuando terminó y la examinó con detenimiento.

Nunca he tenido nada como esto en mi vida. Me casé con un vestido casero y he hecho mi propia ropa toda mi vida. ¿Sería tan malo venderle mis favores a un hombre? Le di mis favores a Evan durante diez años y mira lo que me hizo. Estas mujeres no tienen lazos emocionales con los hombres con los que se acuestan, y ganan un buen salario por su tiempo. ¿Cuál sería el problema?

Callie entregó la prenda reparada a Trudy, quien estaba sentada en el vestíbulo. La pequeña mujer estudió la prenda, tiró suavemente del encaje, la abotonó y la desabotonó, probando los botones y las aberturas. Luego de unos segundos, Trudy se incorporó de un salto y rodeó a Callie con sus brazos, mientras que las otras chicas examinaban la camisola reparada.

—Muchas gracias, Callie —exclamó con alegría—. Se ve igual que cuando la saqué de la caja.

Trudy se secó las lágrimas de los ojos.

—¿Qué te debo por arreglarlo?

—Ni un centavo —dijo Callie con un movimiento de cabeza.

—La anciana de la lavandería habría cobrado al menos quince centavos —dijo Mae— y no habría hecho un trabajo tan bueno. Tengo algunas cosas que necesitan un arreglo y me encantaría pagarte.

—Yo también —añadieron algunas de las otras chicas.

—¿Cuánto me cobrarías por hacerme una de esas hermosas batas? —preguntó Mae levantando las cejas.

—¿Quién va a comprar la tela, tú o yo? —preguntó Callie con una sonrisa pícara.

Después de todo, quizás pueda hacer algo de dinero para la comida sin cuestionar la cláusula de moralidad.

SEIS

El largo viaje

Clayton cabalgó en dirección sur hacia Texas con el cheque bancario del Thompson en su bolsillo por el rebaño que había llevado a Ellsworth. Si aceleraba el ritmo, llegaría en tres semanas y estaría listo para llevar otro rebaño la semana siguiente. Sería el último viaje de la temporada. Sentado en la silla de montar, cerró sus ojos cansados y vio los ojos azul cristalino de Callie. Ninguna mujer había afectado a Clayton como lo hizo ella, nunca.

Mierda, acabo de conocerla y no puedo sacarla de mi mente. Desde luego no se parece a las prostitutas que he conocido. Es decente y honesta. Apuesto a que no dejaría que su hijo creciera en la misma casa con ella si fuera realmente una prostituta. ¿Ese borracho no la llamó la maestra de la escuela del pueblo? Luce como una maestra de escuela.

Clayton se sentó junto a su fogata, masticando una tira de cecina. El día había sido muy largo y necesitaba dormir. Buscó en su alforja un papel y un lápiz. Tal vez le escribiría una carta.

Querida Callie:

Escribo esto a la luz de mi fogata, así que por favor perdone la suciedad del papel y la mala caligrafía. Honestamente, no puedo decirle por qué estoy escribiendo esta carta, pero sentí que tenía que hacerlo. Voy camino a El Paso y probablemente volveré a Ellsworth durante el mes de septiembre. Espero que su corazón acepte verme mientras esté allí. Enviaré esto por correo en el próximo pueblo, y espero que le llegue antes de septiembre. Por favor, debe saber que ha estado en mi mente desde que me dio su opinión sobre la camisa. Le escribiré de nuevo y espero que reciba la carta a tiempo.

Con cariño, Clayton Swift

Clayton dobló el papel y lo guardó dentro de un sobre para poder enviarlo por correo. Con suerte, el jefe de la oficina de correos del siguiente pueblo tendría algo con que sellarlo. Guardó la carta en su alforja y se tapó con sus mantas. Los coyotes aullaron en la distancia. Clayton sofocó un poco el fuego y se cubrió con la manta hasta la barbilla. Pasó una mano por su largo cabello canoso y suspiró.

Tener que dormir en el suelo duro y frío con coyotes merodeando por ahí es cosa de hombres jóvenes. Quizás he encontrado esa mujer cálida con la que podría sentar cabeza. Quizá la lleve de vuelta a Fredericksburg y me instale. Bueno, quizá no a Fredericksburg.

Los coyotes aullaron toda la noche y Clayton se despertaba de a ratos en el frío suelo arenoso de las Naciones Indias. Se despertó con el rayo del sol e hirvió un poco de café sobre las últimas brasas de la fogata. Clayton levantó su campamento y ensilló su yegua. Su compañera de viaje se estaba haciendo vieja, y no era la única. Se pasó la mano por la cara, sus mejillas cubiertas de barba gris.

—¿Estás lista para ir de nuevo, Dolly?

El caballo relinchó y Clayton le dio una palmadita en el cuello.

—Lo sé, yo también estoy cansado.

Ensilló el caballo y aseguró su equipaje. El camino hacia el sur a través de las Naciones era relativamente seguro y Clayton se detuvo en el primer asentamiento al que llegó y envió su carta a Callie Jamison en Ellsworth, Kansas. El jefe de la oficina de correos le había asegurado que la recibiría a tiempo ya que el pueblo se comunicaba con la ruta de Butterfield y la diligencia recogía las bolsas de correo semanalmente. Clayton se había mostrado escéptico, tras darle un vistazo a las casas dispersas y los edificios construidos descuidadamente a lo largo del camino de tierra y lleno de baches que llamaban calle. Rezó una oración al salir de la ciudad para que la carta llegara a Ellsworth antes de su regreso en septiembre. El sol de principios de junio resplandeció en el horizonte occidental cuando él y Dolly llegaron a la cima de una colina. Clayton contempló una pradera verde con un amplio arroyo que la atravesaba. El matorral a lo largo del arroyo suministraría madera para el fuego y refugio en caso de que él y Dolly lo necesitaran.

—Ese parece un buen lugar para acampar esta noche, Dolly, —dijo mientras instaba al caballo a avanzar—. Hay hierba verde para ti y quizás un bonito pez gordo en ese arroyo para mí.

El valle parecía estar libre de asentamientos humanos y a Clayton le gustaba eso. No quería invadir la casa de ningún colono y ciertamente no quería un encuentro con ninguna tribu. Acampó en un claro al lado del arroyo y lanzó una línea al agua con un poco de cecina. Fue recompensado con un robusto bagre de veinte centímetros. El resbaladizo pez casi se le escapa mientras intentaba sacar el anzuelo de la garganta, pero Clayton había logrado atraparlo antes de que cayera de nuevo en el lodoso arroyo. Mientras lo cocinaba en una pequeña cacerola de hierro fundido que Clayton llevaba en su equipaje, un jinete se acercó a su campamento.

Mierda, quería tener una comida en paz.

—Hola, vecino —saludó un anciano canoso desde su mula — ¿te importa si un viejo y su caballo comparten tu campamento por la noche?

—Supongo que no —respondió Clayton cordialmente.

—Muchas gracias —dijo el anciano bajándose de la mula

—. ¿Te importa si dejo a Bessie aquí con tu caballo? Es como yo, anhela un poco de compañía por la noche.

—Adelante —murmuró Clayton mientras volteaba el pescado con su cuchillo.

Después de atar su mula, el viejo atravesó la hierba que le llegaba hasta las rodillas y se unió a Clayton junto al fuego. Llevó consigo su silla de montar y su equipaje y dejó caer todo junto a las pertenencias de Clayton.

—He conseguido estas a lo largo del camino —dijo sosteniendo en alto dos gordas codornices—. ¿Te importa si las cocino en tu fuego?

—Siéntete como en casa —dijo Clayton mientras sacaba su sartén del fuego.

—Iré al arroyo y los despellejaré. Me llamo Hawkins, por cierto. La mayoría me llama Halcón —dijo el viejo mientras caminaba hacia el arroyo con un andar irregular, llevando los pájaros y una bolsa de lona en donde Clayton sospechaba que contenía sus utensilios de cocina.

Clayton examinó el pescado con una tajada de su cuchillo y decidió que necesitaba unos minutos más. Devolvió la sartén al fuego por unos minutos y la sacó de nuevo cuando Halcón volvió con sus dos pájaros despellejados y limpios.

—¿Le importa si uso su sartén? —preguntó el viejo mientras hurgaba en la bolsa de lona. Sacó un plato de hojalata esmaltado de color azul y se lo dio a Clayton. —Aquí hay un poco de berro que saqué de ese arroyo —dijo Halcón y le dio a Clayton un puñado de hojas verdes brillantes—. Queda muy bien con el pescado.

Clayton tomó las hojas y el viejo puso los pájaros en la sartén después de sacar un poco de grasa de una lata.

—No sería capaz de arreglármelas sin mi grasa de cerdo. ¿De dónde vienes?—preguntó el viejo mientras observaba cómo chisporroteaban sus pájaros en la sartén.

—Voy camino a El Paso desde Ellsworth —respondió Clayton.

—¿De regreso de uno de esos arreos de ganado?

—Sí, y me llamo Clayton —agregó y se llevó a la boca un trozo de pescado blanco escamoso, seguido de algunos de los vegetales picantes.

—Es un placer conocerte —dijo el anciano mientras daba vuelta sus pájaros en la sartén—. Yo soy de todas partes. Nací en Illinois, o eso me dijo mi madre, pero crecí en Missouri. Mi padre era un aficionado a los juegos de azar. Se hacía cargo de los botes del río y mamá cuidaba de la granja y de nosotros.

—Debió ser una mujer fuerte —dijo Clayton dándole otro mordisco a su pescado.

—En eso tienes razón. Cuando papá no venía a casa con dinero, se las arreglaba para alimentarnos labrando la tierra cuando él no estaba en casa para hacerlo.

Se quedó mirando al otro lado del campo y se rascó su cabeza casi calva.

—También luchó contra los indios. La mujer era una muy buena tiradora y tenía uno de esos viejos mosquetes.

—Impresionante —dijo Clayton con una sonrisa—. Iré a buscar agua —dijo sosteniendo la cafetera vacía en la mano.

—Eso suena muy bien —respondió Halcón—. Tengo unos granos de café molido fresco aquí en mi saco.

Parece inofensivo y dispuesto a compartir sus víveres con un extraño. Eso habla muy bien de él.

Clayton volvió al fuego, tomó un poco del café molido de Halcón y lo puso en la cafetera a hervir sobre el fuego. El aroma del café recién hecho no tardó en unirse al de los pájaros fritos.

—Entonces, ¿dónde te criaste? —preguntó Halcón mientras volvía a dar vuelta sus pájaros—. Tienes acento tejano.

—Sí —respondió Clayton—. Nací y crecí en los alrededores de Fredericksburg.

La cara del viejo se iluminó con una sonrisa.

—Conozco Fredericksburg. Pasé algún tiempo allí durante mi juventud rebelde.

Guiñó el ojo y sacó la sartén del fuego.

—Allí conocí a una mujer una vez —dijo con una sonrisa pícara en su rostro canoso.

—¿De verdad? —dijo Clayton incómodo mientras servía dos tazas de café.

—Se llamaba Lil —dijo Halcón mientras recibía la taza que Clayton le ofrecía—. Probablemente la mujer más asombrosa que he conocido en mi vida, aparte de mamá.

—¿Sí? —preguntó Clayton antes de beber un trago del café caliente.

—También conocía a su marido bueno para nada —agregó Halcón mientras le arrancaba una pata a uno de los pájaros y empezaba a comer. —Él también era un aficionado al juego pero ni siquiera era bueno para eso. Cuando los indios le dispararon, los hombres a los que les debía fueron tras Lil.

Halcón sacudió la cabeza.

—Incluso después de lo que hizo por el maldito pueblo, fueron a por ella.

—¿Qué hizo ella por el pueblo? —preguntó Clayton levantando una de sus cejas grises.

Halcón arrancó otro trozo de carne del pájaro y se lo llevó a la boca.

—En aquel entonces los indios todavía corrían salvajemente y asaltaban los asentamientos. Fredericksburg todavía no era Fredericksburg. Allí solo vivía un puñado de granjeros alemanes y había un solo punto de comercio.

Se metió la carne en la boca y la masticó.

Después de beber café, Halcón continuó.

—Un día el viejo Caballo Rojo y su grupo atacaron.

—¿Qué tiene que ver eso con esta mujer? —insistió Clayton.

—Espera, estoy llegando a ese detalle —regañó el viejo—.

Como decía, Lil estaba en casa con su bebé y su hombre estaba allí, pero durmiendo una borrachera —dijo, sacudiendo la cabeza—. Nunca entendí lo que una mujer tan bonita vio en ese tonto borracho.

Halcón bebió lo que quedaba y se sirvió otra taza.

—Esos comanches estaban incendiando todas las granjas de la República —siseó Halcón.

—¿Y qué hizo esta heroica Lil? —preguntó Clayton de nuevo.

—Salvar el maldito asentamiento, eso fue lo que hizo —dijo Halcón, con su mirada perdida al otro lado del fuego—. Cuando llegaron a ese lugar, Lil salió y se ofreció a sí misma al Caballo Rojo y a sus muchachos con la condición de que se fueran al siguiente asentamiento y dejaran en paz a Fredericksburg.

—¿Y eso funcionó? —preguntó Clayton incrédulo—. ¿El grupo invasor dejó el pueblo solo porque una mujer dejó que todos se acostaran con ella?

—Si alguna vez hubieras visto a Lil, lo entenderías, muchacho —suspiró Halcón—. Era una belleza.

Cerró los ojos, recordándola.

—Puedo imaginar lo que los indios pensaron cuando Lil salió de la cabaña desnuda y les hizo esa oferta.

Clayton tragó con fuerza y arrojó el cadáver del pescado al fuego.

—¿Y su marido? ¿Dónde estaba él durante todo esto?

—Adentro de la casa, encogiéndose del miedo con el bebé —gruñó Halcón—. La suya fue la única vida que se perdió esa noche.

—¿Lo mataron por luchar por el honor de su esposa y por proteger a su hijo? —preguntó Clay con nerviosismo.

—Ni de coña —respondió Halcón—. Después de que Caballo Rojo se acostara con Lil, entró en la casa y le cortó la garganta al tonto por permitir que su mujer luchara en las batallas mientras él se escondía dentro. Los comanches no se toman muy bien la cobardía de un hombre, ya sea indio o blanco.

—¿Y dejar que la banda de asaltantes se acostara con ella salvó el asentamiento? ¿Luego de eso se marcharon? —preguntó incrédulo Clayton.

—Como llegaron, se fueron —dijo Halcón y pasó su brazo por el humo del fuego que se apagaba— y nunca más volvieron a atacar Fredericksburg. Sin embargo, no le sirvió de mucho a Lil.

—¿Qué quieres decir? ¿No fue alabada como una heroína por su valiente sacrificio?

—Ni un poco —espetó Halcón—. La trataron como si fuera un objeto sucio. Las mujeres se cruzaban de vereda para no tener que toparse con ella... y los hombres... bueno, los hombres la trataban como a una puta.

Halcón bebió lo que quedaba de su café.

—Era una bonita viuda con un bebé. En la mayoría de los asentamientos, tendría pretendientes haciendo cola en la puerta.

—¿Allí no?

—Sí—gruñó Halcón— sí que se pusieron en fila en la puerta, pero no fue con ofertas de matrimonio y de respeto. Todos querían tener sexo con ella. Dijeron que si ella se entregaba a los indios entonces debería sentirse afortunada ante la oferta de un buen hombre blanco.

Halcón respiró hondo y se encogió de hombros.

—Después de un tiempo, sin marido para mantener al niño, y sin ayuda del asentamiento, Lil les dejó dar una probada —dijo y una sonrisa dentada se dibujó en su cara arrugada —pero Lil les hizo pagar a todos.

Clayton se frotó los ojos.

—¿Esta mujer sigue en Fredericksburg?

—No —dijo Halcón con tristeza—. Cuando su niño se

escapó, a Lil se le rompió el corazón y creo que se mudó para alejarse de los recuerdos tristes—. El viejo vació su taza —.Volví allí con la idea de pedirle que se casara conmigo, pero Lil ya se había ido. Una vez escuché que se había mudado a Kansas; Dodge tal vez, en busca de su hijo.

—Es comprensible que haya huido —dijo Clayton—. ¿Qué chico querría vivir en la misma casa que la puta del pueblo?

—Ella puede que haya sido la puta del pueblo —dijo Halcón— pero no había duda en que ella amaba a ese chico —dijo señalando a Clayton con su viejo y retorcido dedo—. Se aseguró de que tuviera buena ropa y lo envió a la escuela, a pesar de que los desagradecidos del pueblo no lo querían en su escuela.

Halcón soltó una risotada.

—Lil fue con los padres del pueblo y les dijo que haría un anuncio público de todos sus clientes locales si no dejaban que su hijo vaya a su escuela. La mayoría de los padres del pueblo visitaban a Lil una vez a la semana —agregó el viejo con un guiño.

—De todas maneras debe haber sido duro para el chico —suspiró Clayton—. Probablemente fue mejor para ambos que se fuera. Ella podía seguir con su negocio sin la preocupación de un niño y él podía encontrar una vida propia sin vergüenza ni ridículo.

—Supongo que tienes razón —dijo Halcón con un bostezo—. Todos estos años me he preguntado si lo pudo encontrar.

Estiró su delgado cuerpo y se puso de pie.

—Espero que lo haya hecho —dijo el viejo en voz baja antes de ir cojeando a los arbustos para mear.

—No, no lo hizo —susurró Clay mientras se ponía de pie para hacer lo mismo.

SIETE

El reencuentro

Callie se sentó en la silla que ella y Mae habían encontrado en el sótano y habían subido por las escaleras. El sol de septiembre le calentaba los hombros mientras cosía el encaje de una nueva bata para Mae. La buena acción de reparar la camisola de Trudy se había convertido en un próspero negocio. No solo las mujeres de la Casa Ellsworth acudieron a ella con prendas que necesitaban arreglos, sino también otras mujeres que ejercían el oficio en la ciudad. Las mujeres respetables de Ellsworth no empleaban a las costureras que hacían negocios con las chicas trabajadoras, lo que dejaba un vacío que Callie había estado más que feliz de llenar. Levantó la vista cuando alguien llamó a su puerta.

—Pasa —exclamó— está abierta.

Mae abrió la puerta y entró, sosteniendo un sobre en su mano.

—Llegó otra carta para ti —dijo con una sonrisa, agitando en el aire el papel doblado y sellado—. Apuesto a que es otra de ese vaquero enamorado.

La sonrisa de Mae iluminó la habitación tanto como el sol de septiembre. Callie sonrió con anticipación. Esta sería la tercera carta desde que se fue en junio. No le había contestado porque le había dicho que no lo hiciera ya que cambiaba de lugar de una semana a otra. Dejó por un momento su trabajo y se levantó para tomar la carta.

—Bien, dámela.

—¿Qué me darás a cambio? —dijo Mae, riéndose mientras movía la carta de un lado a otro para que Callie no la pudiera alcanzar.

—Lo que te daré será una buena y fuerte patada en el trasero —regañó Callie juguetonamente— ahora dámela.

—Está bien —dijo Mae y le entregó la carta—. Te dejo sola, entonces —agregó sonriente y salió de la habitación.

No es más que una niña traviesa en un cuerpo de mujer.

Callie reconoció la prolija caligrafía. Rompió el sello y abrió el papel cuidadosamente doblado. Era una extensa carta escrita a lápiz. Callie sonrió cuando empezó a leer.

Querida Callie:

Le escribo de nuevo a la luz de mi fogata. Entregué el cheque bancario de Doble-T y ahora estoy reuniendo otro grupo para cabalgar hacia el norte. Son los mismos hombres, en su mayoría. Draper será el segundo al mando y los otros compañeros le seguirán. El único cambio que haremos para este viaje es el cocinero. El último fue una decepción y el viaje es mucho más tranquilo con un buen cocinero. Espero llegar a Ellsworth la tercera semana de septiembre y espero que mis cartas hayan llegado. Las he estado enviando directamente a Butterfield. Me han dicho que es uno de los caminos más fiables. Espero que acepte verme de nuevo. También espero que haya encontrado un alojamiento más adecuado desde mi última visita. Una mujer respetable no debería vivir en una casa de mala reputación. De nuevo, pienso en usted todos los días. Veo sus ojos cuando cierro los míos. También me visita en mis sueños. Espero verla de nuevo en carne y hueso.

Con cariño, Clayton Swift

. . .

Callie leyó la carta tres veces. En todos sus años, nunca había recibido cartas como esta. ¿Soñó con ella? ¿Vio sus ojos cuando cerró los suyos? Algunas mujeres llamarían a eso romántico.

Contrólate, Callie. No eres una de esas chicas tontas que aparecen en las novelas de diez centavos del boticario.

El calendario de su pared decía que hoy era el 15 de septiembre. Contó los días y vio que era la tercera semana del mes. Su corazón se aceleró en su pecho, pero sabía que aún no había llegado ningún grupo a la ciudad. Si fuera así, el vestíbulo estaría lleno de chicas exhibiendo sus mercancías.

Le preguntaré a Mae si se ha enterado de cuándo se espera el próximo grupo. Las chicas siempre parecen saber con días de anticipación.

Alguien volvió a llamar a la puerta.

—Pasa —dijo Callie mientras apresuradamente volvía a doblar la carta y la metía en el bolsillo de su sencillo vestido de tela a cuadros.

Lil entró por la puerta llevando un montón de prendas dobladas. Callie se apresuró a recibirlas ya que la mujer se tambaleaba un poco sin su bastón.

—Oh, gracias, cariño —resopló Lil mientras se sentaba en el borde de la cama—. Esos son los vestidos de los que te hablé. Nunca sabré por qué los he guardado en mi maleta todo este tiempo. Los he cargado por todo Texas y ahora por Kansas —suspiró—. Supongo que no quería dejar atrás mis días de gloria cuando era la muy codiciada Lil de Texas —dijo con un movimiento de su mano llena de joyas—. Ya he superado todo eso, así que desármalos y reutiliza la tela.

Puso los ojos en blanco y sonrió.

—Algunas de esas condenadas faldas tienen casi nueve metros de largo.

—Gracias, Lil —dijo Callie, pasando su mano por el terciopelo azul oscuro—. ¿Qué te debo?

—Oh, por favor. No me debes nada. Solo son cosas viejas y usadas que huelen a naftalina y a cedro.

—Tonterías —regañó Callie y metió la mano en su bolsillo. Sacó un dólar de oro que había recibido de una mujer por hacer una falda de baile con volantes. —Toma esto —dijo Callie y le entregó a Lil la moneda.

Lil aceptó la pesada moneda y la examinó.

—Recuerdo cuando hacía diez de estas al día —dijo con tristeza antes de meterla en su bolsillo—. Gracias, cariño. Me viene bien. He estado viviendo de mis ahorros durante los últimos dos años.

—Regálate una linda cena en El Filete Jugoso —propuso Callie—. Creo que hoy tienen pollo con bolitas de masa.

—Solo si vienes conmigo —dijo la mujer mayor sonriéndole con los labios pintados—. Odio comer sola.

Se paró y miró alrededor de la habitación.

—Realmente has embellecido este lugar.

Pasó una mano sobre las fundas de almohada hechas con una tela estampada de violetas y brotes color verde primaveral. Las fundas de almohada combinaban con la funda de la cama, así como con las cortinas.

—Gracias —dijo Callie, sonrojándose—. Fue parecido a limpiarle el barro a un cerdo —bromeó, mirando la agrietada pared de yeso recientemente pintada—, pero necesitaba hacer algo para que se viera un poco más hogareña y además, —añadió arrugando su nariz— quería cubrir esas espantosas manchas.

—Debería contratarte para que hagas algo así para mi habitación —dijo Lil—. Todo lo que tengo ha estado viajando conmigo durante años y estoy cansada de mirarlo.

—Estaría encantada de hacerlo.

—Le he pedido a ese asqueroso de Caine que me baje al segundo piso —suspiró Lil—. Soy demasiado vieja para todas esas escaleras y estoy intentando dejar de usar ese maldito bastón.

—Avísame cuando lo hagas —dijo Callie— y te ayudaré a mover tus cosas.

La anciana resopló.

—La mayoría de las mujeres de mi edad tienen una casa llena de cosas. Esta vieja prostituta tiene solo dos baúles y todo lo que tiene cabe en ellos y en un par de bolsos de viaje.

—Cielos —suspiró Callie con compasión.

—Vamos a comer pollo con bolitas de masa, cariño. Estoy tan hambrienta que podría masticar cuero de zapatos.

Caminaron por el vestíbulo y Callie notó que todos los sofás estaban llenos de mujeres vestidas con su ropa de trabajo. Tocó la carta dentro de su bolsillo y sonrió. Tal vez llegaría a la ciudad esta noche, si las chicas están vestidas para los clientes, tal vez su grupo es el que está en la ciudad.

Los hombres a caballo llenaban la polvorienta calle del frente, gritando y disparando sus armas al aire. Callie se cubrió la nariz ante el polvo, el humo y el penetrante aroma de la pólvora.

—Son como un montón de niños pequeños que salen al recreo después de una larga prueba —opinó Callie, agitando sus rizos castaños.

—Todos los hombres son niños de corazón y nunca dejan de serlo —suspiró Lil—. Sin embargo, a veces echo de menos toda esa emoción.

—Lo dices como si fuera una forma de vida divertida —dijo Callie y se estremeció cuando más vaqueros corrieron tirando disparos al aire.

—Cariño, en noches como esta podría ser divertido —dijo Lil con una gran sonrisa cuando entraron en el café, donde las mujeres movían sus faldas a un lado con desprecio mientras ellas pasaban

—Perras estúpidas —siseó Lil detrás de Callie.

Se sentaron cerca del fondo del café restaurante y esperaron a que el señor Jenkins las notara.

—He notado que te molesta la forma en que las mujeres

respetables de este pueblo te tratan ahora. ¿Por qué? —preguntó Lil, acariciando la mano de Callie.

Callie exhaló un largo suspiro.

—En algún momento pensé que estas mujeres eran mis amigas —suspiró Callie—. No entiendo qué hice para merecer este tratamiento.

—No hiciste nada, cariño —suspiró Lil y continuó acariciando la mano de Callie—. Eres una mujer bonita y no parece que hayas envejecido ni un día después de tu trigésimo cumpleaños. Ahora no tienes marido. Te ven como una amenaza para su pequeño y seguro mundo —dijo guiñando un ojo—. Si te denigran en sus mentes— suspiró Lil— pueden justificar su mal comportamiento. Estas perras nunca fueron tus amigas, cariño. Si lo hubieran sido, una de ellas te habría invitado a su casa cuando se enteró de que tu marido te había dejado en el Ellsworth.

—Fui a la iglesia después de que pasó todo —dijo Callie secándose una lágrima de su mejilla —y el diácono Paul me pidió que me fuera. Dijo que ahora era una mujer manchada y que ya no era bienvenida en la congregación.

—Mira qué bien —se burló Lil encogiéndose de hombros —. Qué cristiano de su parte. ¿Qué pasó con la compasión y el perdón o con tratar a la gente como te gustaría que te trataran a ti?

—¿Qué les puedo ofrecer esta noche, señoras? —preguntó Jenkins con su sonrisa habitual.

—Quiero un poco de ese pollo con bolitas de masa —le pidió Lil—, una taza de café y un gran pedazo de pastel de postre.

—Yo quiero lo mismo —ordenó Callie con un guiño.

—¿Qué pastel prefieren? Hoy tenemos de melocotón o de manzana.

—Trae del que te quede menos, cariño —dijo Lil, y Callie asintió con la cabeza.

Jenkins sonrió y echó un vistazo a la otra mesa, llena de mujeres charlatanas.

—Desearía que todos mis clientes fueran tan agradables como ustedes de la Casa Ellsworth.

Se dio la vuelta y se dirigió a la cocina.

—Su esposa hace un pastel muy bueno —dijo Lil—. Cualquier cosa que traiga será sabrosa.

Los ojos de Callie se dirigían a la puerta cada vez que se abría, esperando que Clayton fuera el que entrara, pero se había decepcionada varias veces.

Estoy actuando como una colegiala tonta.

Después de la tercera decepción, Callie ya no levantó la vista y disfrutó de su cena con Lil, a quien encontró cálida e ingeniosa. La mujer era inteligente, familiarizada con Shakespeare, Poe, y una amplia gama de otros autores.

—Los libros son una buena manera de llenar tu tiempo libre —opinó cuando Callie comentó su conocimiento de la literatura—, y es agradable escaparse en un libro de vez en cuando. También me ha ayudado a ampliar mi vocabulario.

—Mae y Trudy han ampliado el mío —dijo Callie con una risa.

—Oh, cielos —dijo Lil y puso los ojos en blanco.

Mientras terminaban su pastel, una sombra cubrió la mesa. Callie levantó la vista y se encontró con el hermoso y sonriente rostro bronceado por el sol de Clayton. Su cabello plateado enmarcaba su rostro y sus ojos azules brillaban como zafiros.

—Esperaba encontrarte aquí —dijo, estudiando sus platos con un ceño fruncido actuado—. Pero parece que me perdí la cena.

—Para nada —dijo Callie nerviosa mientras sus ojos saltaban de Clayton a Lil —Siéntate. Estoy segura de que la señora Jenkins todavía tiene algo de su maravilloso pollo con bolitas de masa en la cocina.

—Bueno —dijo Lil con una sonrisa —es hora de que esta vieja vuelva rengueando a casa y dejarlos a ustedes dos jóvenes solos.

Se puso de pie y le dio una palmadita en el hombro a Callie.

—Tú no necesitas una anciana aquí y yo necesito enjuagar algunas cosas antes de ir a la cama.

Callie se despidió afectuosamente de la mujer, quien caminaba lentamente sin la ayuda de su bastón.

—¿Lil? —preguntó Clayton con el ceño fruncido mientras observaba a la mujer—. ¿Es amiga tuya?

—Supongo que se podría decir que sí —dijo Callie con una cálida sonrisa —. Ella también vive en la Casa Ellsworth.

—Es ella... quiero decir, ella es una... —tartamudeó Clayton incómodo.

—¿Una prostituta? —lo interrumpió Callie con una sonrisa—. Es solo una anciana sin ningún otro lugar a donde ir. El Ellsworth es barato y un buen lugar si no tienes los medios para estar en un lugar mejor.

—¿Sigues ahí, entonces? —preguntó con el ceño fruncido.

—En realidad no es tan malo —admitió Callie y tomó un sorbo de su refrescante café.

El ceño fruncido de Clayton se profundizó.

—No deberías vivir en ese lugar lleno de putas.

Jenkins advirtió la presencia de Clayton y fue a tomar sus pedidos.

—Pediré lo que las damas tenían y tráigale a la dama otro pedazo de ese pastel. También más café —dijo el vaquero muy bien vestido, observando taza vacía de Callie.

Jenkins se retiró con un asentimiento de cabeza.

—No debería tomar más café —dijo Callie—. Ya me costará bastante dormir esta noche.

—¿Por qué? —preguntó Clayton con una mirada confusa que arruinaba su hermosa cara.

Es muy atractivo con ese gran bigote y esa sonrisa infantil. Y también es encantador.

—A decir verdad, es tu culpa —dijo Callie con una sonrisa.

—¿Mía?

Parecía más confundido.

—Tú fuiste el que trajiste a todos estos vaqueros ruidosos al pueblo y oiré pasos en el pasillo toda la noche.

—Oh —dijo con una sonrisa de alivio—. ¿Tan malo es?

—No tienes ni idea —dijo Callie, poniendo los ojos en blanco mientras bebía el poco café que quedaba en su taza.

El señor Jenkins trajo café y puso un plato de pollo con bolas de masa delante de Clayton. Callie se dio cuenta de que otros clientes la miraban a escondidas. Hizo todo lo posible por ignorarlos.

¿Por qué no se ocupan de sus propios asuntos?

Hablaron del viaje de Clayton, del clima en el camino, y Callie le contó sobre su nuevo negocio: ser la costurera de las mujeres de mala reputación que vivían en el Ellsworth.

—Las otras costureras de la ciudad no cosen para ellas —explicó Callie mientras bebía su café a sorbos—, así que es una oportunidad perfecta para que yo gane algo de dinero.

—¿Cuánto ganas?

Parecía verdaderamente interesado en el tema.

—Depende —dijo Callie mientras el señor Jenkins dejaba en su mesa platos con trozos de pastel de melocotón—. Me dan unos centavos por reparaciones sencillas de prendas rotas y hasta dos dólares por hacer un vestido, dependiendo de la dificultad del proyecto. Me gano el dinero de la cena.

—Las mujeres de la calle de enfrente y de otros lugares de Ellsworth acuden a este restaurante —explicó Jenkins— porque en los otros restaurantes no las atienden o, como el Hotel Palace, ni siquiera las dejan entrar en el comedor.

Rellenó sus vasos y esbozó una sonrisa.

—Yo digo que su dinero paga las cuentas como el de cualquier otro.

Le dio una palmadita a Callie en la espalda y se fue encogiéndose de hombros.

—Los negocios son negocios, supongo —admitió Clayton —. ¿Estás contenta con tu nuevo trabajo?

—Gano más en una semana, cosiendo unos cuantos juegos de bombachas con volantes de lo que ganaba como maestra en un mes, y no tengo los dolores de cabeza que me daba la escuela —explicó con una gran sonrisa.

Clayton respiró hondo.

—Por mucho que odie que vivas en ese horrible lugar y te relaciones con esas horribles mujeres, supongo que tienes que hacer lo que tienes que hacer para salir adelante.

—Esas mujeres no son horribles. La mayoría son muy agradables. Solo tratan de sobrevivir. ¿Has considerado alguna vez por qué esas mujeres hacen lo que hacen?... Me refiero a ¿cómo llegaron a las situaciones en las que están? — La voz de Callie aumentaba. —¿De verdad crees que alguna de ellas se levantó una mañana y dijo «creo que seré una puta porque es una oportunidad maravillosa para salir adelante en la vida»?

Clayton recordó la historia que Halcón le había contado sobre esa tal Lil que conoció en Fredericksburg y frunció el ceño.

¿Podría esa vieja dama ser ella?

Tomó la mano temblorosa de Callie.

—Lo siento, Callie —dijo, calmándola—. Supongo que nunca antes lo había pensado de esa manera.

—No —dijo, con una débil sonrisa—. No debería haber perdido los estribos.

Callie miró alrededor de la habitación.

—Estoy cansada de que la gente saque conclusiones sobre cosas y personas de las que no saben nada.

Terminaron su pastel charlando sobre asuntos sin importancia. Clayton pagó toda la cena, pese a las protestas de Callie. Luego se levantaron para irse. Callie ignoró las miradas y tomó el brazo de Clayton mientras caminaban por la calle.

—Eres una mujer increíble, Callie Jamison —afirmó mientras cruzaban la calle para dirigirse hacia la Casa Ellsworth. Puso su brazo alrededor de sus hombros cuando sintió que ella temblaba a su lado. —¿Tienes frío? Quizás deberías haberte puesto un chal.

—Hacía calor cuando Lil y yo nos fuimos —respondió ella y lo empujó hacia el callejón. —No quiero pasar por el vestíbulo. Vayamos a la puerta de atrás.

Caminaron lentamente por el estrecho callejón entre la Casa Ellsworth y el edificio de al lado, la taberna El Búfalo Furioso. Al pasar, Callie escuchó música de piano y risas estridentes que venían del concurrido lugar. Se detuvo en la puerta trasera del Ellsworth y tomó el pomo de la puerta.

—¿Puedo besarte? —preguntó Clayton, alejándola suavemente de la puerta.

—Supongo —respondió Callie con nerviosismo, mirando sus penetrantes ojos azules.

Oh, Dios mío, no he besado a otro hombre que no sea Evan en años.

Clayton se inclinó hacia ella al tiempo que ella levantaba su cara. Sus labios se encontraron y Callie creyó que se desmayaría por los nervios. Había pasado mucho tiempo. Sus labios estaban calientes y ásperos por el viento y las quemaduras de sol. Sin embargo, eran suaves. Cuando sus bocas se abrieron, y sus lenguas se encontraron, pudo percibir el sabor del café y los melocotones. Disfrutó del momento y le permitió que la acercara y la envolviera en sus musculosos brazos. Callie levantó su mano para acariciar su cuello, entrelazando sus dedos en su largo y sedoso cabello. Pudo sentir el aroma de su sudor varonil y de su colonia. El beso duró más de lo que debería haber durado, pero a Callie no le importó. Era una mujer divorciada y vivía en un prostíbulo. La sociedad educada ya no la veía como una mujer apropiada, de todas formas. Finalmente se alejó dando un paso atrás, sin aliento y con una sonrisa nerviosa. Clayton se frotó la barbilla y sonrió.

—Ahora que ya nos dimos el primer beso. ¿Qué tal otro?

La acercó a su cuerpo. Callie no se resistió. Fue el mejor beso que había tenido, y no quería que terminara.

OCHO

Deseos

Clayton tuvo que acomodarse los pantalones mientras se alejaba por el oscuro callejón con una sonrisa en la cara.

Mierda, eso estuvo genial. Casi que me gustaría que fuera una prostituta, así podríamos terminar lo que empezamos.

Demasiado emocionado para concluir su noche, entró en la ruidosa taberna a tomar una cerveza para tranquilizarse. El edificio de madera estaba lleno de hombres con pantalones, camisas impecables y botas. La mayoría había vuelto hoy del sendero y todos estaban listos para una noche de bebida y sexo. Clayton no quería emborracharse. No quería desperdiciar tanto dinero. Tampoco quería acostarse con una puta por sus propios motivos. Se acercó a la barra, se sentó entre dos hombres y le pidió una cerveza al barman.

—Oye, vaquero —una dulce voz le habló desde atrás — qué tal si me acompañas a la puerta de al lado y me dejas ayudarte con ese bulto en tus pantalones.

Unos brazos rodearon la cintura de Clayton y una mano femenina se abalanzó sobre su entrepierna y masajeó su excitado miembro.

—Lo siento, cariño —respondió Clayton, tratando de escabullirse de su alcance—. Solo soy un pobre vaquero. No puedo permitirme los servicios de una mujer elegante como tú.

—Entonces, déjame llevarte atrás y chupártela, vaquero —ofreció con una sonrisa seductora— que solo te costará cincuenta centavos en lugar de un dólar.

—Esta noche no —dijo severamente—. Sigue tu camino.

El barman le pasó una cerveza a Clayton.

—Aquí tienes... Tabby, búscate a otro cliente.

La chica puso los ojos en blanco.

—Disculpe, señor.

—No hay problema —respondió mientras le daba un trago a su cerveza.

Clayton vio a Draper y a otros dos miembros de la cuadrilla al final de la barra y los saludó con la cabeza. Sonrió cuando vio a la joven prostituta de cabello rubio brillante acercarse a los hombres. No se sorprendió cuando la chica le susurró algo a Danny, el hombre más joven del viaje. Las mejillas del chico se pusieron rojas, asintió con la cabeza, y la chica le cogió la mano y lo sacó de la taberna llena de humo.

Parece que esta noche Danny gastará el dinero que ganó con tanto esfuerzo. Espero que valga la pena y no termine con sífilis. Volver a Texas con fiebre y un pene hinchado y con picazón no será divertido.

Mientras Clayton tomaba otro sorbo de su cerveza, dos hombres se acercaron a la barra y pidieron un *whisky*. Estaban demasiado bien vestidos para ser vaqueros y Clayton concluyó que eran hombres de negocios de Ellsworth.

—¿Qué haces esta noche? —preguntó el mayor de los hombres al otro mientras tomaban sus tragos de *whisky*.

—Pensé en buscarme una mujer para divertirme un poco —dijo el más joven levantando su vaso.

El mayor soltó una risa.

—Deberías ir al lado y pedirle a Caine que te traiga a Callie. Tiene algunos años encima, pero su coño es el más lindo que existe.

Clayton de repente se interesó más en la conversación.

¿Está hablando de mi Callie? ¿Podría haber otra?

—¿De verdad? —preguntó el más joven—. Pensé que los coños se secaban cuando envejecían.

—No este —aseguró el hombre mayor—. Está tan jugoso como el día en que perdió la virginidad.

—¿Tuviste sexo con ella? —preguntó el joven y empujó su vaso a través de la barra para que le sirvieran más.

—Muchas veces —dijo el mayor y vació su vaso—. Juega con sus pezones. A ella le gusta mucho eso. También tiene los pechos más grandes que alguna vez te meterás en la boca —dijo el hombre riéndose.

Se puso las manos delante del pecho, imitando sus pechos.

—Tiene un buen par para ser una mujer mayor y todavía están firmes.

Clayton cerró los ojos y tembló de rabia.

Está hablando de mi Callie. Es una prostituta después de todo. No es mi Callie, es la Callie de todos. Cualquiera que pague, eso es. Solo otra puta mentirosa y asquerosa.

Clayton vació su vaso y lo golpeó contra la barra.

Tengo que salir de este pueblo lleno de prostitutas.

Dejó una moneda en la barra, se alejó y salió de la taberna.

Los hombres siguieron su conversación.

—Un momento, Jamison —dijo el joven— ¿Callie no se llama su esposa?

—Ya no es mi esposa —dijo el viejo, arrastrando el habla por el exceso de *whisky*—. Estoy separado de ella desde hace meses y no podría ser más feliz. Está viviendo en el Ellsworth con el resto de las vagabundas de este maldito pueblo.

Soltó unas risotadas y bebió otro vaso de *whisky*.

NUEVE

¿Qué es lo que hice ahora?

Habían pasado tres días desde su cena con Clayton y su beso. Él no había vuelto a la ciudad, lo que dejó a Callie confundida. Le había dicho que se reuniría con ella la noche siguiente en El Filete Jugoso, pero Callie había esperado en el café hasta las nueve. Nunca llegó, aunque sus compañeros de viaje seguían en la ciudad, visitando a las chicas.

Tal vez lo llamaron. O tal vez no le gustó el beso. Pero dijo que fue un buen beso.

Callie se ocupó de la costura y trató de no pensar en Clayton y en el increíble beso. Ella nunca entendería la mente de los hombres.

¿Qué mierda quieren? ¿Qué esperan de una mujer? ¿Se supone que debo quedarme sentada en el borde de mi asiento y esperar a que reaparezca de Dios sabe dónde?

Callie se pinchó el dedo con la aguja afilada. Maldijo y se metió el dedo herido en la boca antes de que las diminutas gotas de sangre estropearan la tela blanca con la que estaba haciendo una bata. Alguien llamó a la puerta.

—Pasa —dijo mientras dejaba la costura a un lado. Probablemente era Mae que venía a comprobar su progreso.

Ellsworth podrían convertirse en unas de las mujeres más solicitadas de Kansas, y podrían cobrar un precio mucho más alto por su tiempo.

Callie se alejó y dejó que Caine reflexionara sobre lo que acababa de decir. La semana siguiente, le dijo que organizara sus clases y le había dado dos dólares para comprar suministros en la tienda de Martin.

—Una vez que todas puedan leer, hablaremos sobre cómo conseguirles ropa más elegante —había gruñido Caine a regañadientes.

En su tiempo libro, Callie había estado confeccionando algunas cosas para regalar en Navidad. Cuando vio un rollo de seda china rosada en la tienda, compró el rollo entero de nueve metros a cincuenta centavos por metro. Era una suma enorme para ella, pero sabía que sus amigas estarían encantadas con las camisolas y los calzones que planeaba hacer con la tela. Además, compró tres metros de terciopelo verde mullido, que usaría para confeccionarles vestidos de invierno a Lil y a Mae. El nuevo acolchado de Lil junto con las fundas de almohada con volantes, las cortinas y el cubrecanapé habían iluminado tanto la habitación de la mujer, que otras de las chicas de la Casa Ellsworth querían lo mismo para sus habitaciones y le habían pagado a Callie por adelantado para que les haga el trabajo. Callie no había tenido que preocuparse por el dinero durante varios meses y por un momento consideró la posibilidad de buscar otro alojamiento.

¿Por qué molestarse? Mi habitación es cómoda, y estas mujeres son mis amigas.

—Deberías pensar en abrir una tienda —le dijo Lil una tarde mientras paseaban por el paseo marítimo hacia el mercado—. La sastrería judía que está cerca de la panadería está vacía. Escuché que el sastre se mudó a Denver donde hay más demanda de trajes de hombre que aquí en Ellsworth.

—¿Lo dices en serio? —preguntó Callie con el ceño fruncido.

—Sí —dijo Lil, asistiendo con la cabeza—. No tengo ni idea de por qué un sastre de ropa elegante para hombres se habría establecido aquí en Ellsworth en primer lugar.

—No —dijo Callie, deteniendo a Lil a la mitad de la calle—, me refiero a que abra una tienda de verdad. ¿En serio crees que mi costura es lo suficientemente buena para tener un local propio?

—Cariño —explicó Lil y comenzó a caminar de nuevo—, haces el mejor trabajo que he visto en mucho tiempo y no tienes espacio en tu habitación para una mesa de trabajo. En una tienda, tendrías más lugar y quizás incluso podrías conseguir una de esas nuevas máquinas de coser. Las he visto en las revistas.

—Cielos —suspiró Callie—, me vendría bien un poco más de espacio. —Respiró profundamente—. Pero, ¿crees que podría hacerlo?

—Cariño, estos días has estado tan ocupada que ya casi no tienes tiempo para comer.

Mantenerse ocupada mantuvo la mente de Callie alejada de Clayton y de su decepción por lo que había pasado entre ellos. No lo había visto en el pueblo y se preguntaba si se había quedado en la pequeña granja o si se había ido. Mae dijo que los vaqueros eran una raza errante y rara vez se asentaban en un lugar por mucho tiempo. Por capricho, Callie había comprado tres metros de franela azul del mismo color que los ojos de Clayton. Tenía pensado hacerle una camisa para Navidad, pero la tela seguía guardada en el fondo de su clóset. Todavía no sabía cómo se la iba a llevar. Sería su primera Navidad como mujer soltera y Callie no estaba muy emocionada. Echó un vistazo a la pila de paquetes envueltos en papel de regalo en su clóset y sonrió.

Al menos Santa Claus hará una parada en la Casa Ellsworth este año.

La nieve cayó con fuerza los tres días previos a la Navidad, paralizando casi por completo el negocio en la Casa Ellsworth. Los granjeros y rancheros estaban demasiado ocupados con su ganado como para venir al pueblo y la gente del pueblo estaba demasiado ocupada con los preparativos para la Navidad. Las mujeres se sentaban en el vestíbulo abrigadas con vestidos mullidos y medias de lana para protegerse del frío, en lugar de sus escasas ropas de trabajo.

—Estoy tan aburrida —se quejó Trudy—. Hagamos algo.

—¿Cómo qué? —preguntó Mae con un bostezo.

—¿Qué crees que está cocinando la señora Jenkins en El Filete Jugoso esta noche? —preguntó Trudy, mirando a las otras mujeres tumbadas en los sofás.

—Pollo frito, creo —dijo Tabby con una sonrisa. —Tiene el mejor pollo frito.

Trudy se puso de pie y miró fijamente a Caine.

—Vamos a vestirnos y a cenar, entonces. Es Nochebuena después de todo.

Caine puso los ojos en blanco. Sabía que esa noche no habría clientes de todos modos y las dejó ir.

—Buscaré a Callie —dijo Mae poniéndose de pie. Corrió a la puerta de Callie y llamó.

—Vamos a ir todas al Filete Jugoso a comer pollo frito, Callie —gritó Mae a través de la puerta—. Vístete y ven con nosotras.

Callie corrió la cortina y miró la nieve que caía.

Por muy bonito que suene un pollo frito crujiente, no saldré esta noche con este frío. Todavía tengo cosas que hacer para prepararme para la visita de Santa Claus.

Fue a la puerta y alcanzó a Mae en el pasillo.

—Creo que pasaré esta vez, Mae —le dijo a la chica—. Pero aquí tienes dos monedas así me traes un plato.

Sacó las monedas y se las entregó a la pelirroja que hacía pucheros.

—Qué aguafiestas, Callie —gimoteó Mae mientras le quitaba la moneda a Callie.

—Probablemente solo quieres sacarme fuera para que tú, Trudy y Tabby puedan lanzarme bolas de nieve.

Mae le dirigió una sonrisa pícara y le sacó la lengua.

—¿Cómo lo supiste?

—Tuve tu edad una vez.

Callie sonrió antes de volver a su habitación. Tenía que agregarles algunos detalles finales a un par de calzones y quería envolverlos para agregarlos a la pila de regalos escondidos en su clóset. Le desconcertó el silencio que se cernió en el Ellsworth sin las chicas parloteando en el vestíbulo junto con el silencio de afuera a causa de la nevada. Callie le ató una cinta en forma de moño al paquete y estaba atando los otros paquetes cuando alguien abrió la puerta. Se volteó y vio a Caine metiéndose en su habitación.

—No recuerdo haberte invitado a entrar —dijo Callie mientras cerraba el clóset.

No quiero que el bastardo arruine mi sorpresa.

Dio un paso vacilante hacia ella.

—Creo que quiero aceptar tu oferta ahora, Callie —dijo al mismo tiempo que tanteaba la hebilla de su cinturón.

—¿Qué oferta? —preguntó Callie con nerviosismo.

—La que hiciste aquí ese día que te quitaste la ropa —. Se lamió los labios—. Creo que lo quiero ahora.

Con un rápido movimiento, se quitó el cinturón con una mano y tiró de la bata de Callie con la otra.

—Quítame las manos de encima y sal de mi habitación —gritó Callie, pero su cuerpo se paralizó cuando el hombre le quitó la bata y la tiró al suelo.

Me niego a darle la pelea que quiere.

—No —le replicó, sujetando el canesú de su camisón—. Ahora tendré lo que es mío. Me debes veinte dólares.

Jaló con fuerza, y los pequeños botones volaron hasta el suelo.

Mierda, odio coser esos pequeños botones.

Callie forcejeó un poco mientras Caine apoyaba todo su peso contra ella. Un grito de furia se formó en su mente cuando escuchó la tela de algodón de su camisón rasgarse a medida que él lo arrancaba de su cuerpo tembloroso. No podría escaparse de esta. Podría gritar, pero no había ninguna chica en el vestíbulo que la oyera.

—Evan dijo que debería mostrarte quién manda aquí —dijo empujándola para que su cara quedara boca abajo en la cama—. He estado pensando en cómo hacerlo y decidí hacer lo que mi padre hizo para mostrarnos a los niños quién es el jefe en casa.

¿Es Evan a quien le tengo que dar las gracias por esto? Apuesto a que ha estado incitando al gran desgraciado todo este tiempo.

Callie no vio a Caine extender su brazo hacia atrás, con el cinturón en la mano, pero gritó de dolor cuando este golpeó con fuerza la delicada carne de su trasero desnudo. Trató de escaparse retorciéndose con cada látigo punzante, pero se negó a rogar a Caine que se detuviera. Ya era bastante malo que no pudiera controlar sus lágrimas. Su negativa a rogar que parara enfureció a Caine, quien luego la azotó con el cinturón en la espalda y las piernas durante lo que pareció una eternidad.

—¿Ahora estás lista para darme lo que quiero, Callie?

Caine rodó a Callie para que su espalda dolorida quedara apoyada contra el colchón. Se cernió sobre ella y la cicatriz de su mejilla se frunció grotescamente. Comenzó a pasar sus manos sobre sus pechos, retorciéndole los pezones.

—¿Estás lista? —le gritó jalándole con fuerza el cabello. Luego, asintió con su cabeza. —Sí —agregó, sonriéndole lascivamente—, creo que ya estás lista.

Callie no supo en qué momento se había quitado los pantalones. En un instante, su violador se subió a la cama, se puso a horcajadas encima de ella, y se arrastró por encima de su cuerpo tembloroso con su polla erecta tocándole el cuerpo.

Qué cerdo tan asqueroso.

—Evan dice que puedes hacer magia con tu boca, Callie, y quiero ver si eso es cierto.

Se arrastró hasta que la cabeza púrpura de su pene presionó sus temblorosos labios. Jaló más fuerte de su cabello.

—Abre la boca, perra —siseó a medida que empujaba su miembro—y si se te ocurre morderme—, le dio a su cabello otro tirón despiadado— usaré mis puños como Evan me dijo.

Cuando salga de esto, los mataré a los dos, desgraciados de mierda.

Caine metió su pene a la fuerza en la boca de Callie y suspiró mientras resbalaba sobre su lengua caliente.

—Lámela bien —le exigió.

Gimió cuando ella cedió.

Tendré que hacer lo que diga, o probablemente me matará; sin embargo, no lo haré divertido para él y no le mostraré miedo.

Callie raspó la delicada piel con sus dientes y Caine le retorció el cabello.

—Te dije que no muerdas.

Empujó su polla hasta que ella se ahogó.

—Pensé que serías capaz de soportar más que eso —siseó mientras movía su miembro dentro de su boca—. Tu boca no es mejor que la de las otras zorras de aquí —gruñó y le dio una bofetada en la cabeza a Callie—. Vamos a probar los otros agujeros.

Volteó el cuerpo de Callie para que quedara sobre su vientre.

—Te quedó un buen color, Callie. Espero que hayas disfrutado de esa pequeña lección—. Caine soltó una risa—. Estaré encantado de hacerlo de nuevo si quieres.

Se estremeció cuando poso un dedo sobre una de las sensibles heridas de su espalda.

—¿Qué, no me vas a decir nada esta noche?

Callie podía percibir su sonrisa de burla. Sin embargo, permaneció en silencio y quieta.

—¿No?, bueno, veamos si puedo hacer que reacciones con esto.

Callie respiró hondo cuando Caine pasó sus dedos por entre las mejillas de su trasero magullado.

—Ahí está —susurró mientras le metía un dedo en el ano.

Caine escupió y ella sintió que el líquido tibio corría por su trasero.

—No quiero entrar en seco y estoy seguro de que no tienes una lata de grasa como las otras chicas.

Se rio nuevamente.

Cuando empujo su dedo, todo lo que Callie pudo hacer para no gritar de dolor fue presionar su cara contra el acolchado de algodón y morder con fuerza.

No le daré al hijo de puta la satisfacción de oírme gritar. No lo haré.

—Esto es tan sabroso como pensé que sería, Callie. Evan dijo que este era un territorio virgen. No puedo creer que nunca lo haya intentado.

Metió sus grandes dedos entre las ya palpitantes mejillas de su trasero.

—Supongo que no es algo que le guste hacer a todos los hombres, pero a mí siempre me gustó.

Caine empujó y gruñó unas cuantas veces más antes de sacar sus dedos.

—Terminaré en ese bonito y pequeño nido que me mostraste.

Callie estaba tan aliviada de que se haya cansado de su trasero que ni siquiera se dio cuenta cuando se movió y le metió su dura polla en el coño.

—Puta madre, mujer —gruñó—, estás tan seca como una galleta de una semana. Salió y volvió a poner a Callie de espaldas.

—Quizás esto haga que te mojes un poco.

Alejó su enorme mano para tomar envión y le dio una bofetada en la cara.

—Evan dijo que siempre le funcionó.

Callie vio destellos en sus ojos por unos segundos y estaba segura de que había oído el chasquido del hueso de su mandíbula. Con su lengua, notó que un diente se le había aflojado con el golpe. Su cara estaba tan roja por la bofetada que estaba segura de que él no notaría lo roja que estaba por la ira.

Tú y Evan Jamison son hombres muertos.

DIECIOCHO

La visita de Santa Claus

Después de que Caine saliera de su habitación, silbando una alegre melodía, Callie lloró sobre sus almohadas de dolor y de humillación. Se acostó sobre su vientre porque su espalda le picaba y palpitaba a causa del maltrato. Ni siquiera tenía la fuerza o la voluntad de levantarse para limpiar el desastre que le había dejado entre sus piernas.

—Aquí está tu plato con po... —empezó a decir Mae, entrando en la habitación de Callie pero su voz se cortó en seco.

—¡Callie! —gritó y se acercó corriendo a la cama—. Oh, Dios, ¿qué mierda ha pasado?

Dejó el plato de comida en el tocador.

—¿Qué te pasó, Callie?

—¿Llamarías a Lil? —susurró Callie, incorporándose dolorosamente con ayuda de sus codos.

—Claro, Callie —dijo Mae y salió corriendo de la habitación.

Dios mío, ¿cómo explico esto?

Callie se incorporó con dificultad, recogió su bata del piso y se la envolvió alrededor del cuerpo para cubrir las marcas púrpuras que le había dejado el cinturón de Caine. Caminó tambaleándose hasta su lavabo y vertió un poco de agua en una taza. Se estremeció cuando vio su cara magullada e hinchada en el espejo.

Evan Jamison, eres hombre muerto, hijo de puta.

Mojó un paño y se cubrió la cara con él. El paño frío la reconfortó. Al escuchar el sonido de la puerta, se asustó y dejó caer el paño en el lavabo, temiendo que fuera Caine, que volvía a por más.

—Dios mío, Callie —exclamó Lil mientras corría a su lado—. Déjame ver eso.

Sacó el paño del agua y con sus dedos, palpó suavemente la cara amoratada de Callie. Se estremeció cuando los dedos de Lil tocaron el lado izquierdo de su mandíbula. —Creo que tienes rota la mandíbula, cariño. ¿Quién te hizo esto?

—Caine —susurró Callie—. Fue Caine.

—Mataré a ese hijo de puta.

Échale un vistazo a su espalda —le dijo Mae a Lil.

Callie se resistió, pero Lil le bajó la bata para ver su espalda. Dio un grito ahogado cuando le vio la espalda llena de moretones púrpura.

—Dios mío, cariño, ¿qué te hizo ese animal? —Lil se volvió hacia Mae. —Lleva ese tazón afuera y trae un poco de nieve para ponerle en su mandíbula y en estos moretones. ¿Alguna de ustedes tiene algún ungüento de milenrama?

Mae tomó el tazón esmaltado.

—Todas tenemos un poco de milenrama para los imbéciles —dijo, poniendo sus ojos verdes en blanco.

—Bueno, tráeme un poco —pidió Lil mientras llevaba a Callie a la cama.

—Sí, señora.

Mae salió corriendo de la habitación con el tazón vacío bajo el brazo.

—Vamos a ponerte cómoda, cariño —susurró Lil en el mismo tono que una madre usaría con un niño enfermo—. El descanso es la mejor medicina en este momento. Pondré un poco de hielo en los moretones y un poco de milenrama para aliviarte.

La puerta se abrió y Trudy y Tabby entraron en la habitación.

—¿Es verdad que Caine le hizo esto? —preguntó Trudy con los ojos entrecerrados.

—Sí, es verdad —dijo Lil, apartando el cabello de la cara sudorosa de Callie.

—Mierda —siseó Trudy, se dio la vuelta y salió de la habitación.

—Lo va a matar al hijo de puta —murmuró Tabby y siguió a Trudy hasta el pasillo.

—No si yo llego primero —murmuró Callie antes de cerrar los ojos.

—Creo que vas a tener que ponerte en la fila, cariño —susurró Lil mientras pasaba una esponja de agua fría por la cara amoratada de Callie.

Mae recogió nieve y la puso en el tazón. La farola situada fuera de la puerta iluminaba la calle nevada. Alguien a caballo se detuvo frente al Ellsworth.

—Es Nochebuena, señor —dijo Mae en tono de asco—. No atenderemos clientes esta noche.

El hombre estudió el rostro de Mae.

—Eres la amiga de Callie, ¿verdad? Una vez me ayudaste a elegir una camisa con ella.

Los ojos de Mae se abrieron de par en par.

—Tú eres ese vaquero, el que la llamó puta.

Mae puso sus manos en las caderas, balanceando con torpeza el tazón de nieve.

—Sí —suspiró—, ese soy yo. ¿Ella está adentro?

—Sí, pero no verá a nadie esta noche.

—¿Y por qué no verá a nadie? —preguntó Clayton con la ceja levantada.

—Ella... eh... está enferma.

—¿Enferma? —preguntó Clayton mostrando su preocupación—. ¿Se va a poner bien?

—Sí —dijo Mae mientras pasaba por delante del alto vaquero—. Estará bien.

Se volvió hacia el hombre.

—Realmente tienes el valor de venir aquí después de todo este tiempo. Llamaste a Callie «puta» sin ninguna razón. Creo que le rompiste el corazón, ¿sabes? Lloró durante días en su habitación por ti, estúpido.

Mae entró y cerró de un portazo, dejando a Clayton de pie en la nieve con la boca abierta.

Bueno, eso no salió muy bien.

—Supongo que tenemos que volver a casa, Dolly.

La corpulenta yegua resopló y se puso a patalear en la nieve.

—Bien, supongo que podemos quedarnos en la caballeriza hasta mañana. Aunque no es exactamente lo que planeé para nuestra Navidad.

¿Qué tenía planeado? ¿De verdad pensé que ella iba a caer en mis brazos?

Cuando Callie se despertó vio a Lil durmiendo en la silla.

—¿Lil? —susurró Callie.

Lil se incorporó y se sentó en el borde de la cama.

—¿Cómo te sientes, cariño?

Con su mano le apartó el cabello de la cara y Callie se quejó de dolor al intentar darse la vuelta.

—Creo que viviré.

—El que no sabemos si vivirá es Caine —comentó Lil con una risita suave—. Trudy fue tras él con un cuchillo de carnicero. Mae dijo que lo persiguió por la nieve. Después de unos minutos volvió con sangre en el cuchillo y cerró la puerta de entrada.

—¿Qué hora es? —preguntó Callie, sentándose con rapidez en la cama.

—Tranquila, cariño —dijo Lil empujando los hombros de Callie para que se quedara en la cama.

—¿Ya es Navidad?

Lil soltó una risa.

—La Navidad empezó hace unas cuatro horas.

—Qué bueno —exclamó Callie con un suspiro de alivio —. No me lo he perdido, entonces.

Se sentó en la cama, apartó las mantas y gimió de dolor al bajar las piernas de la cama. Se ajustó la bata y se dirigió hasta el clóset.

—Le prometí a Mae que Santa Claus vendría esta noche.

Levantó cuidadosamente la pila de paquetes envueltos.

—¿Qué es esto? —preguntó Lil mientras Callie le entregaba los paquetes.

—El espíritu navideño —suspiró Callie mientras sacaba el último paquete. Lo pondría bajo el árbol, aunque él no estaría aquí para recibirlo. —Vamos —murmuró Callie—, pongamos esto bajo el árbol.

Se movió con dificultad hacia la puerta.

—Le prometí a Mae que Santa Claus visitaría la Casa Ellsworth este año. Hasta le envió una carta.

Lil sacudió la cabeza mientras caminaba detrás de Callie con los paquetes apilados entre sus brazos.

—Eres mejor mujer que yo, Callie Jamison.

DIECINUEVE

Otro año más que viene y otro que se va

Clayton se sentó cómodamente frente al fuego, disfrutando de los aromas que llegaban de la cocina. Desde su llegada, Halcón había asumido la mayoría de las tareas domésticas, incluyendo la cocina. Clayton se alegró mucho al descubrir que el viejo era un cocinero excepcional.

—La cena estará lista en dos movimientos de cola de mapache —gritó el viejo desde la cocina.

—Huele bien —respondió Clayton poniéndose de pie. Sus articulaciones le dolían por el frío. Halcón también era muy exigente con seguir las costumbres de vivir en una casa y exigía que comieran en la mesa como seres humanos «civilizados».

—Hoy hay solo jamón y guisantes negros con un poco de pan de maíz para acompañar —dijo Halcón mientras ponía en la mesa platos de porcelana que habían encontrado en una despensa—. Siéntate aquí, traeré la comida en un minuto. Mi madre siempre empezaba el Año Nuevo con guisantes negros. Decía que atraía la buena suerte para el año que llegaba.

Clayton sonrió y se sentó a la mesa.

—¿Dónde aprendiste a cocinar, viejo?

Halcón trajo un plato de pan de maíz caliente a la mesa.

—Mi madre me enseñó la mayor parte —dijo con una sonrisa que mostraba todos los dientes—, pero he aprendido unas cosas más a lo largo de los años.

Halcón se fue y regresó con una vasija llena de mantequilla.

—Mamá siempre nos dijo que aprendiéramos a cocinar porque no siempre tendríamos a una mujer que lo hiciera por nosotros.

—Por desgracia —dijo Clayton asintiendo con la cabeza —. Me temo que eso es cierto.

Clayton se ocupó de cortar el humeante pastel mientras que Halcón servía los platos de guisantes con trozos de grasa de cerdo que flotaban en la sabrosa salsa color marrón.

—Veo que estás usando esa camisa otra vez —dijo Halcón, señalando la camisa de franela azul con la que Clayton había vuelto a casa después de su viaje al pueblo en Nochebuena.

—Es una camisa cálida y bonita —dijo Clayton mientras untaba mantequilla en un grueso cuadrado de pan de maíz dulce.

Halcón puso los ojos en blanco mientras colocaba platos de guisantes en la mesa.

—¿Y no tiene nada que ver con la mujer que te la hizo?

—Bueno, tal vez un poco —dijo Clayton con una sonrisa incómoda.

Todavía no puedo creer que me haya hecho una camisa para Navidad después de haber actuado como un imbécil con ella.

Clayton recordó aquella noche de Navidad, cuando estaba de pie afuera de la Casa Ellsworth esperando nerviosamente que alguien apareciera después de haber llamado a la puerta cerrada con llave. Luego de unos minutos, apareció la joven pelirroja.

—¿Qué estás haciendo aquí otra vez, vaquero? Es Navidad y hoy tampoco atenderemos clientes.

Ella había intentado cerrar la puerta, pero Clayton la había detenido apoyando su mano en el marco.

—Me gustaría hablar con Callie, por favor.

La chica había volteado a mirar hacia la habitación donde Clayton podía oír a las mujeres parloteando y riendo.

—La señorita Callie tampoco recibirá visitas hoy.

Una amplia sonrisa iluminó su rostro repleto de pecas.

—Santa Claus nos visitó anoche y seguimos abriendo nuestros regalos, pero la señorita Callie aún no está en condiciones.

—Solo quiero decirle Feliz Navidad —había insistido Clayton.

Alguien le grito algo a la chica, y ella se alejó de la puerta.

—Espera aquí un minuto —le pidió.

Cuando la pelirroja regresó, traía en sus pecosas manos un paquete envuelto en papel de regalo rojo y atado con una cinta verde brillante.

—Ten —dijo arrojándole el paquete—. No puedo entender por qué, pero Santa Claus dejó esto para ti. No creo que merezcas un regalo —le murmuró con desprecio—. Fuiste muy tonto al tratar a la señorita Callie como lo hiciste. Todo lo que ella hizo fue amarte y la llamaste puta por eso.

Antes de cerrarle la puerta en la cara, la chica le dijo:

—La señorita Callie no es ninguna prostituta. Te lo puedo asegurar porque yo soy una.

Clayton había puesto el paquete en su alforja y no lo abrió hasta que llegó a casa, y se sentó frente a su cálido fuego. Desató la cinta y desplegó el papel de color. Dentro había una camisa de franela. La observó y se dio cuenta de que había sido cosida por una mano experta. También había una pequeña nota escrita con letra femenina y prolija.

Clayton, no sé cuándo o si alguna vez recibirás esto, pero vi la tela en la tienda de Martin y pensé que sería una buena camisa para un hombre que trabaja en el frío. Espero que estés bien, y que la vida de granjero te vaya bien. Estoy muy ocupada con los pedidos de las chicas de la casa y de otras personas de la ciudad. Lil cree que debería abrir una tienda aquí. Estoy pensando en hacerlo. Feliz Navidad, Callie.

—¿Ahora estás pensando en esa mujer? —murmuró Halcón mientras desmenuzaba un poco de pan de maíz en sus guisantes.

—Me atrapaste —suspiró Clayton.

Halcón sacudió su cabeza gris mientras se metía guisantes en la boca.

—Te equivocaste al tratarla como lo hiciste, muchacho —lo regañó Halcón—. La trataste como basura y ella te hizo esa camisa tan bonita. Eso debería decirte algo sobre el tipo de mujer que es y cómo se siente respecto a ti.

—Tienes razón, Halcón —suspiró Clayton—, pero ¿qué voy a hacer ahora? Ni siquiera quiere verme.

—Escríbele una carta —sugirió Halcón—. A las mujeres les gusta que te expreses. Dile que fuiste un maldito tonto y que quieres compensarla de alguna manera.

—No sabría por dónde empezar —suspiró Clayton.

—Solo dile cómo te sientes, muchacho.

Halcón le dio un mordisco al pan de maíz.

—Las mujeres son todo sentimiento y cosas por el estilo.

—Supongo que podría hacerlo —dijo Clayton—. Debería agradecerle por la camisa, al menos.

—Cuando una mujer le da a un hombre algo así —dijo señalando la camisa de Clayton—, es una prenda de agradecimiento. Las damas en la antigua Inglaterra solían dar prendas de agradecimiento a los caballeros antes de ir a la batalla. Algo para que las recuerden.

Halcón metió la mano en el bolsillo del pecho de su camisa y sacó un delicado pañuelo bordado.

—Lil me dio esto hace mucho tiempo —recordó con tristeza mientras tocaba el delicado bordado—. Ella dijo que era una prenda de agradecimiento y que lo guardara cerca de mi corazón para que nunca la olvidara.

Se lo entregó a Clayton, y este vio las letras LC cosidas

prolijamente en la tela. Flores rosas y verdes rodeaban las elaboradas letras.

—Es bonito —dijo Clayton mientras le devolvía la preciada prenda a Halcón.

Halcón dobló el pañuelo y lo guardó en su bolsillo.

—Lo he llevado aquí junto a mi corazón durante casi cuarenta años— suspiró—. Esperaba devolvérselo algún día.

—¿La amabas? ¿A una puta que vendía su cuerpo a otros hombres? —preguntó Clayton incómodo.

—Todavía la amo —suspiró el viejo mientras le daba una palmadita al bolsillo que contenía el pañuelo—. Y te lo dije antes, Lil hizo lo que hizo porque no tenía otra forma de llegar a fin de mes y cuidar a su niño.

—Si tú lo dices —dijo Clayton bebiendo lo que quedaba en su taza—. Sigo pensando que podría haber hecho otras cosas para llegar a fin de mes, como trabajar como lavandera o sastre como hace Callie.

Halcón negó con la cabeza mientras masticaba.

—No entiendes cómo actuó la gente después de lo que pasó con los indios. Para los ignorantes de Fredericksburg, Lil se había ensuciado por completo cuando se entregó a sí misma esa noche. Nadie habría hecho ningún negocio con ella.

—Los hombres sí —replicó Clayton enérgicamente—. Los hombres hicieron negocios con ella.

—Sí, pero eso era en la oscuridad de la noche donde nadie podía verlos —suspiró Halcón, sacudiendo su cabeza gris—. Lil y el niño se hubieran muerto de hambre si no se hubiera hecho lo que hizo.

Halcón se encogió de hombros.

—Era todo lo que podía hacer y no era algo que le gustara.

—Si tú lo dices —se rindió Clayton mientras se alejaba de la mesa—. Gracias por otra maravillosa comida, Halcón.

Saldré a ver a los animales y luego creo que escribiré esa carta.

—Me parece bien, muchacho —dijo Halcón mientras llevaba los platos sucios a la cocina. —Sentimientos: recuerda que a las mujeres les gusta oír hablar de los sentimientos.

VEINTE

Sentimientos

Callie se sentó con la carta de Clayton en sus manos mientras el sol le calentaba los hombros.

Callie:

Un amigo me dijo que debería escribirte y decirte cómo me siento. Me temo que no se me da bien este tipo de cosas. Gracias por la camisa. Me queda bien y es muy abrigada. Fue una sorpresa inesperada.

Siento mucho haberte insultado. Fue imperdonable, pero te pido que me perdones. Primero, déjame decir que nuestra tarde juntos fue realmente encantadora. Creo que nunca la olvidaré. Ninguna mujer me ha alegrado tanto como tú. Recuerdo aquel día con mucho cariño.

Tu joven amiga pelirroja tenía razón al decirme que me equivoqué contigo. Dijo que no estabas en el mismo negocio que ella y que las demás de la Casa Ellsworth. Estoy dispuesto a creerle y espero que puedas encontrar en tu corazón el modo de perdonarme por mis errores.

Soy un viejo solitario, Callie y un tonto. Soy muy orgulloso y eso, me temo, que no nos ha hecho bien a ninguno de los dos. Espero que puedas perdonar a este viejo tonto y responder a esta carta en la Oficina Postal de Ellsworth donde he alquilado una casilla.

Con cariño,

Clayton Swift

Callie leyó la carta de nuevo. No sabía qué hacer con ella. Alguien llamó a su puerta y Callie volvió a doblar la carta y la metió en el bolsillo de su delantal antes de levantarse y dirigirse a la puerta. Después de la visita de Caine, mantenía la puerta cerrada con llave y además, había añadido un cerrojo corredizo. El hombre había vuelto a la Casa Ellsworth dos días después de Navidad con un nuevo corte en su mejilla izquierda que le había hecho Trudy. Hacía juego con la cicatriz arrugada de su lado derecho. Mientras se curaba, la cicatriz llegó a la otra esquina de la boca de Caine, dándole una horripilante sonrisa perpetua. Cuando Callie lo sorprendía mirándola, su cuerpo temblaba de escalofríos. Caine cogía la hebilla de su cinturón y la sacudía amenazadoramente.

Ese hombre nunca se acercará lo suficiente para volver a tocarme.

—¿Quién es? —preguntó antes de deslizar el cerrojo.

—Soy Lil, Callie. ¿Puedo pasar?

—Un segundo —Callie suspiró con alivio y abrió la puerta—. Entra.

—¿Cómo te sientes, cariño? —preguntó Lil mientras entraba en la habitación.

—Estoy mejor —le respondió Callie mientras cerraba la puerta y ponía el cerrojo.

—No creo que ese asno te vuelva a molestar, cariño, pero supongo que es mejor prevenir que curar.

Lil se dejó caer en la silla que se encontraba caliente gracias a los rayos del sol. Callie se sentó en su cama.

—Ya me pasó —suspiró Callie—, y no tengo intención de pasar por ese infierno otra vez.

Lil asintió con la cabeza.

—Durante años, he recibido más golpes de lo que hubiera querido —siseó—. Todo es parte de este negocio, pero lo que ese desgraciado te hizo es imperdonable.

Lil sacudió su cabeza gris.

—Los proxenetas hacen ese tipo de cosas para mantener a

sus mujeres a raya —gruñó—, pero Caine no es tu proxeneta. Creyó que tenía el derecho a hacerlo, pero no.

Callie se levantó y vertió café en dos delicadas tazas de porcelana. Le ofreció una a Lil.

—No, no tenía derecho. Ni aunque fuera tu proxeneta. No me importa qué trato de mierda hizo con tu antiguo marido —agregó furiosa Lil antes de tomar un sorbo de café.

Callie pasó el dedo por su mejilla, en el lugar donde Caine llevaba ahora una cicatriz.

—Creo que ahora lo sabe —dijo con una débil sonrisa.

Lil puso los ojos en blanco.

—Sabe que es mejor que mantenga sus manos quietas —gruñó ella—, y su polla en los pantalones, en lo que a ti respecta.

—Espero que tengas razón —suspiró Callie—. Odio vivir con este miedo.

—¿Has pensado en abrir la tienda?

—Me temo que eso no va a suceder —dijo Callie con decepción en su voz.

—¿Por qué, necesitas dinero para el alquiler?

Callie negó con la cabeza.

—No, tengo suficiente para el alquiler y los depósitos, pero los dueños del edificio que tiene la sastrería son los Martin.

—¿Y qué hay con eso? —dijo Lil y tomó otro sorbo de su café.

—Que yo y mi despreciable clientela no somos lo que quieren en su maldito edificio —suspiró Callie.

—¿Te refieres a la misma clientela de mala reputación que gasta su dinero tan duramente ganado en su maldito mercado?

—Exactamente la misma —siseó Callie.

Lil se incorporó y caminó hacia la estufa donde se sirvió otra taza de café.

—Desearía que hubiera otro lugar para comprar en este maldito pueblo.

—Llevará más tiempo —dijo Callie con una sonrisa — pero estoy considerando hacer todas mis compras por correo de ahora en adelante. Le escribí a St. Louis para pedir muestras de telas y un catálogo.

Los ojos de Lil se abrieron de par en par.

—Es una muy buena idea, cariño. Conozco a un tipo de Abilene. Él y su esposa venden productos en un carro gitano. Apuesto a que podría hacer que vinieran al pueblo. Venden todo tipo de cosas y apuesto a que estaría dispuesto a aumentar el inventario si le digo que hay demanda.

Le guiñó un ojo a Callie y sonrió mientras se sentaba de nuevo.

—Eso le molestaría bastante a los Martin, ¿no?

—Sin duda —afirmó Lil con una risita—. Ahora debemos pensar en qué hacer para conseguirte una tienda en la Calle Principal —dijo Lil con una sonrisa pícara.

—No creo que haya otras tiendas vacías ahora —dijo Callie con tristeza.

Después de pensar mucho en la sugerencia de Lil, Callie decidió alquilar la sastrería vacía. Un día se había acercado al edificio, se asomó a las ventanas, y se sorprendió al ver una gran mesa de corte así como varios maniquíes abandonados por el antiguo ocupante. El cartel de la ventana decía que preguntara en el mercado de los Martin y así lo hizo. La señora Martin no estaba muy entusiasmada con el plan de abrir una tienda de vestidos en el edificio.

—¿Y quién será su clientela, señora Jamison? —había preguntado la mujer con arrogancia.

—He estado muy ocupada con los pedidos de las mujeres de Ellsworth y otras del pueblo —había respondido Callie con orgullo.

—No quiero encontrar a ese tipo de mujeres en nuestro edificio. No creo que podamos, por razones morales, alquilarle nuestro edificio, señora Jamison, si es a ellas a quienes pretende usted venderles.

—Claro —dijo Callie y abandonó el mostrador para pasear por los pasillos estrechos. En una mesa cerca de la parte trasera de la tienda, Callie examinó un corsé y una pila doblada de ropa interior de algodón.

Entiendo. La perra cree que voy a robarle sus clientes.

Callie había dejado la ropa mal confeccionada sobre la mesa y luego salió de la tienda.

Y tiene toda la razón. Tengo toda la intención de hacerlo.

—¿Cuánto crees que costaría construir un pequeño edificio comercial? —le preguntó Callie a Lil.

Lil sorbió más café y se quedó mirándola fijamente.

—No lo sé. Si ya tienes el lote, probablemente no más de doscientos o trescientos dólares. ¿Por qué?

Callie volvió a poner su taza sobre la mesa.

—Solo es curiosidad. Doscientos o trescientos es un poco más de lo que tengo, y ni siquiera tengo el lote.

—Hay varios lotes por aquí —resopló Lil.

La mano de Callie rozó su bolsillo, donde guardaba la carta de Clayton.

—¿Alguna vez has estado enamorada, Lil? —preguntó Callie, cambiando completamente de tema.

Lil pasó una mano sobre su cabello canoso.

—Estaba terriblemente enamorada de mi marido —suspiró Lil—. No era un gran marido, en realidad. Apostó nuestro dinero y se acostó con otras mujeres, pero yo lo amaba. Era guapo y me hacía perder la cabeza con historias de aventuras en la salvaje frontera de Texas. Yo era muy joven y muy estúpida.

Callie pensó en Evan y suspiró.

—Y yo fui vieja y estúpida. ¿Hubo alguien más?

Los labios de Lil mostraron una suave sonrisa que se reflejaba en sus viejos ojos.

—Había un tipo en Texas al que seguramente podría haber amado, pero era un tipo errante y se iba durante meses

—. Respiró profundamente. —Yo tenía un hijo en quien pensar y no podía poner mis esperanzas en un hombre así.

Callie tocó el bolsillo que contenía la carta.

—Entiendo lo que quieres decir.

—En mi trabajo —suspiró Lil—, desarrollar sentimientos por un hombre es un esfuerzo inútil. Solo trae dolor y decepción al final.

—En mi experiencia —comentó Callie— desarrollar sentimientos por cualquier hombre solo trae decepción y dolor.

VEINTIUNO

Decepción

Antes de salir de la Oficina de Correos, Clayton abrió de un tirón el sobre de la carta. Reconoció la escritura prolija de Callie incluso antes de ver su nombre. No obstante, una vez abierta, temió por las palabras que podían estar escritas y esperó hasta que llegó a la soleada calle para leer la respuesta de Callie, deseando su perdón.

Clayton:

Me alegro de que la camisa te quede bien. Parece que adiviné tu talla. Me alegro de que todavía estés en tu granja. Es un lugar encantador y te sienta bien.

Celebro que ya no pienses que soy una prostituta, pero me resulta difícil olvidarme del dolor que tus palabras me causaron. No entiendo cómo pudiste pensar eso de mí. Te expliqué las circunstancias de mi alojamiento, no sé por qué no me creíste. Nunca te he mentido.

Valoro mucho la honestidad. Creo que eres un buen hombre, Clayton, pero creo que alguien te hirió profundamente. ¿Fue una mujer del oficio? ¿Es por eso que guardas tanto rencor hacia ellas?

A esta altura, tal vez pueda perdonar tus hirientes palabras, pero no creo que pueda olvidarlas tan fácilmente. Lo lamento si no es lo que querías oír, pero es la verdad.

Yo también recuerdo con cariño nuestra tarde juntos, más no la forma en que terminó. Lamento decir que aún me duele. Espero que puedas entenderlo.

He estado muy ocupada con mi trabajo de costurera y espero tener mi propia tienda pronto. He ido al banco en busca de financiación, aunque las perspectivas son poco alentadoras. Me temo que otros hombres de esta ciudad comparten sus prejuicios sobre mí y sobre las mujeres de Ellsworth, que son mis amigas y mis clientas.

Espero que me escribas de nuevo y me cuentes sobre tu vida en tu nueva propiedad. La primavera llegará pronto, y apuesto a que estará hermoso allí.

Con cariño,

Callie.

Clayton leyó la carta tres veces antes de volver a doblarla y meterla en su alforja. Guio a Dolly por la calle y ató sus riendas alrededor de un poste frente al Búfalo Furioso.

—¿Qué puedo ofrecerle? —preguntó el barman.

—Cerveza —pidió Clayton mientras se apoyaba en la barra junto a dos hombres con traje.

—No vas a creer lo que esa absurda esposa de Jamison fue a pedir el otro día al banco —dijo un hombre corpulento de cabello canoso con una risita.

—¿Y ahora qué fue lo que pidió? —preguntó el otro. —Estuvo en la tienda hace una semana, quería alquilar mi edificio para abrir una tienda de vestidos para sus amigas putas.

Clayton les echó un vistazo y reconoció al flaco propietario del mercado.

—Lo mismo —dijo el banquero con una risita—. Ahora quiere comprar un lote y construir uno.

—Qué mujer tan ridícula —resopló Martin. —¿Qué mujer decente de Ellsworth compraría donde las putas compran?

—Todas —respondió Clayton y tomó un sorbo de su cerveza.

—¿Disculpa? —dijo Martin en un tono irritado mientras miraba a Clayton.

—Tú le vendes a las putas cuando entran en tu mercado —dijo Clayton—, y aun así, todas las mujeres decentes de Ellsworth siguen comprando en tu tienda.

—Tiene razón —resopló el banquero.

—Es diferente —dijo Martin—, el mío es el único mercado de la ciudad.

—Y el de la señora Jamison sería la única tienda de vestidos —acotó el banquero, pensativo—. Es evidente que ha hecho un buen negocio desde su habitación en la Casa Ellsworth y ahora quiere expandirse. Me trajo un informe de ganancias bastante detallado con el desglose de los costos de material y los márgenes de beneficio.

—Bueno, está trabajando en el Ellsworth. Ya sabes cómo consiguen dinero las mujeres allí —se burló Martin con la ceja levantada.

—¿Su presentación fue profesional? —le preguntó Clayton al banquero.

—¿Cómo? —preguntó confundido el banquero, dirigiéndose a Clayton.

—Si un hombre hubiera venido con la misma propuesta de negocios —preguntó Clayton—, ¿consideraría darle el préstamo?

—Pero ella no es un maldito hombre —dijo Martin—. Una mujer no tiene lugar en los negocios.

—Me aseguraré de mencionárselo a su esposa la próxima vez que esté en el mercado —replicó Clayton guiñándole un ojo al sonriente banquero. —¿Cuántas prostitutas dirías que viven en Ellsworth?

El banquero frunció el ceño.

—Probablemente unas veinte viven aquí a tiempo

completo y el doble o el triple vienen durante la temporada de ganado. ¿Por qué?

—¿Tiene esposa? —continuó Clayton.

El banquero asintió con la cabeza.

—Y dos hijas.

—¿Y con qué frecuencia necesitan vestidos nuevos y ropa interior?

Los ojos del banquero se abrieron de par en par a medida que una sonrisa se extendía por su cara.

—Creo que entiendo su punto de vista, señor Swift.

—Supongo que tú no estarías dispuesto a firmar un préstamo para ella —dijo Martin.

—¿Tienes propiedades por aquí? —le preguntó el banquero a Clayton.

—Seiscientos cuarenta acres en Clear Spring Road —dijo Clayton con orgullo.

—¿La casa de Jim Coventry? —preguntó el banquero con la ceja levantada—. Íbamos juntos a la iglesia con él y con Jane. Lo que pasó con su esposa y su bebé fue muy triste.

—Escuché que encontraste el lugar y lo ocupaste —se mofó Martin.

—Tengo una escritura de transferencia del señor Coventry archivada en la corte —replicó Clayton—. Soy legalmente el dueño de todo.

Martin resopló y le dio un sorbo a su cerveza.

—¿Lo harías? —le preguntó el banquero a Clayton.

—¿Hacer qué? —preguntó Clayton.

—¿Estarías dispuesto a poner tu propiedad como garantía del préstamo de la señora Jamison? —preguntó el banquero con escepticismo.

—¿Qué hombre arriesgaría su propiedad por los caprichos de una mujer tonta? —se burló Martin.

—Sí, lo haría —dijo Clayton.

—Ted, si le concedes ese préstamo, Evan Jamison tendrá

tu trabajo —gruñó Martin—. Es el mayor inversor en el Banco Ellsworth.

—Trabajo para los accionistas del banco, no para Evan Jamison —replicó el banquero—. Un cuestionable préstamo respaldado por una granja de seiscientos cuarenta acres con una escritura transparente es una buena apuesta para el banco.

—Ambos son unos tontos —gruñó Martin, estampó su vaso contra la barra y se marchó.

—¿Cuándo le gustaría firmar el contrato, señor Swift?

—Tengo una condición —interrumpió Clayton.

—¿Qué condición? —preguntó el banquero con la ceja levantada.

—No quiero que la señora Jamison sepa nada de mi participación en esto. Quiero que piense que está consiguiendo este préstamo por sus propios méritos.

—¿No quieres que sepa que estás arriesgando tu lugar por ella? No es muy inteligente. Ya le expliqué a la señora Jamison que el banco no le puede otorgar un préstamo legítimo a una mujer. Una mujer sola no puede tener propiedades a su nombre. Sin embargo, supongo que puedo hablarlo con los accionistas, siempre y cuando ponga su nombre en el préstamo como copropietario de la propiedad.

El banquero esperó la respuesta con los ojos abiertos de par en par.

Clayton esbozó una sonrisa.

—Tengo completa fe en la astucia comercial de la señora Jamison, señor Howard.

Callie es una mujer inteligente. No se metería en esto si no creyera que puede salir adelante.

VEINTIDÓS

Saliendo adelante

En la oficina de Ted Howard, Callie se sentó en la silla de madera, moviéndose con nerviosismo.

Pensarías que al menos te ofrecerían una silla cómoda cuando estás a punto de firmar algo que podría cambiar tu vida.

—Buenas tardes, señora Jamison —la saludó el señor Howard mientras se sentaba detrás de su amplio escritorio de roble —. Espero que se dé cuenta de que esto es muy inusual y de que los accionistas me han sometido a un minucioso escrutinio por tomar esta decisión.

—¿Porque soy mujer? —preguntó Callie con inquietud—. ¿O porque mi negocio tratará con mujeres de mala reputación?

El señor Howard sonrió con nerviosismo y pasó un dedo por el apretado cuello de su camisa.

—Un poco de ambas cosas, a decir verdad, pero yo decido dar o no un préstamo basándome en los detalles de la propuesta de negocio. — Respiró hondo y le dedicó una sonrisa nerviosa—. Y tras algunas deliberaciones que he tenido en estos últimos días, puedo ver los fundamentos de su propuesta, señora Jamison. Las mujeres necesitan ropa, y ciertas mujeres —dijo levantando una de sus cejas—, las necesitan más que otras.

—Me alegra mucho que lo vea así, señor Howard —dijo Callie con una sonrisa de alivio.

Me pregunto con quién ha estado hablando. Tal vez sea un visitante habitual de una de las chicas.

—¿Ha encontrado una propiedad en la que construir?

—Sí. El señor Caine ha decidido separarse de uno de los lotes adyacentes a la Casa Ellsworth.

Trudy y su cuchillo de carnicero lo ayudaron a decidirse.

El señor Howard frunció el ceño.

—Una excelente ubicación ¿Tienes un constructor en mente?

—Jim Toliver —dijo Callie con una sonrisa—. Me lo han recomendado mucho.

—Es un buen hombre —dijo Howard con un guiño—, y familiarizado con la forma en que manejamos los préstamos para la construcción aquí en el banco. ¿El señor Caine vendrá a verme para la trasferencia del lote o ha hecho otros arreglos? —preguntó Howard con una sonrisa pícara.

No es el tipo de arreglo que estás pensando, asqueroso.

—Eso ya está arreglado —respondió Callie y sacó un trozo de papel doblado de su bolso—. Aquí está la escritura a mi nombre.

—Muy bien —dijo Howard, recibiendo el papel.

—Y aquí está mi contrato con el señor Toliver para la construcción del edificio.

—Excelente. Su préstamo es de cuatrocientos dólares. El lote está listo… El presupuesto del señor Toliver es de trescientos dólares. ¿Para qué usará los otros cien dólares, si puedo preguntar? Espero que para nada trivial.

Callie puso los ojos en blanco.

—Para la compra de tela y accesorios, señor Howard. Una costurera necesita tela y accesorios.

—Claro, por supuesto, y supongo que lo comprarás en la tienda de los Martin.

—No lo creo —resopló Callie—. Encontré un proveedor mayorista en St. Louis que ofrece los mismos productos a la mitad del precio. Les haré el pedido a ellos y me los traerán en tren. Necesitaré hacer un retiro de mi cuenta bancaria para enviarlo junto con mi pedido.

Howard frunció el entrecejo.

—Hubiera pensado que querría gastar su dinero en nuestra comunidad, señora Jamison.

—Soy una mujer de negocios, señor Howard y debo tomar mis decisiones basadas en prácticas comerciales razonables. Los Martin me han dejado muy claro que no están interesados en hacer negocios conmigo, por lo que me veo obligada a hacer mis negocios fuera de la comunidad.

—Entiendo —murmuró Howard—. Entiendo.

Deslizó por la mesa un extenso documento.

—Aquí está su contrato, señora Jamison. Puede ver aquí que su préstamo tiene una tasa de interés anual del cinco por ciento y...

—Y eso es alrededor de un dos y medio por ciento de interés más alto que cualquier otro préstamo —interrumpió Callie con ironía mientras estudiaba los párrafos impresos en la página.

—Consideramos que es un préstamo de alto riesgo, señora Jamison, por lo que la tasa de interés es más alta.

—Claro —suspiró Callie.

—Su cuota mensual será de nueve dólares durante diez años —continuó—, para llegar al monto final del préstamo de mil ochenta dólares.

—¿Y si quiero pagar por adelantado para que no se aplique ese terrible interés?

—Cualquier suma que pague por encima de su pago mensual de nueve dólares iría al principal, señora Jamison, y pagaría la cantidad del préstamo más rápido. —Howard sonrió, respiró hondo y continuó—. Es más que bienvenida a hacerlo. Le proporcionaré un plan de amortización para que pueda marcar los pagos que haga cada mes y así sepa cuál es el monto que le queda para pagar.

Cuando Callie tomó el bolígrafo para firmar el contrato, se abrió de golpe la puerta de la oficina. Carl Martin entró furioso, con la cara roja de rabia.

—Estoy harto de esta zorra, Ted —gritó Martin, con los ojos muy abiertos mientras cerraba la puerta.

—¿Disculpa? —exclamó Callie.

—¿Qué crees que estás haciendo, Carl? —preguntó Howard al mismo tiempo que se ponía de pie para enfrentarse al furioso propietario de la tienda—. Estás interrumpiendo una reunión de negocios.

—Acabo de bajar a tomar una copa al Búfalo Furioso, y Jim Toliver me ha dicho que esta zorra tacaña le ha ordenado que compre sus suministros de construcción en el aserradero de Abilene.

—¿Es eso cierto, señora Jamison? —preguntó Howard seriamente.

Callie apoyó una mano en su pecho.

—No le dije que comprara las provisiones en Abilene — replicó, mirándolo desafiante. —Solo le dije que los comprara en cualquier sitio menos en la Tienda de Martin.

—No puede hacer eso —le recriminó Martin—. Con el banco siempre hemos tenido un acuerdo entre hombres, que los materiales para cualquier proyecto de construcción en Ellsworth se comprarían en mi tienda.

—Usted lo acaba de decir —respondió Callie encogiéndose de hombros de manera desafiante—. Yo no soy un hombre. No hay ningún acuerdo implícito conmigo.

—¡Eso es todo! No comprarás nunca más un pedazo de tela para los vestidos de esas putas en mi tienda.

Callie le dirigió una sonrisa a Howard, mojó la pluma en el tintero y firmó el contrato del préstamo.

—Y escuché que ese maldito gitano ha vuelto a la ciudad —le comentó Martin a Howard —. Creí que el comisario lo había echado de Ellsworth hace dos años.

—Los precios de sus productos son bastante mejores que los del mercado —aseguró Callie con una sonrisa socarrona —. Y puede conseguir casi cualquier cosa. Acabo de pedirle una de las nuevas máquinas Singer a un precio muy razonable y varias de las chicas del Ellsworth le han encargado muebles para sus habitaciones.

El rostro de Martin se volvió de un peculiar tono púrpura.

—¿Qué piensas de esa mierda, Ted? Esta perra y sus putas creen que me van a sacar del negocio. ¿Qué te parece?

Martin gritó y golpeó el escritorio con su puño.

—Creo que el banco estará encantado de incorporar una granja de seiscientos cuarenta acres a su lista de propiedades —murmuró entre dientes el banquero para que solo lo escuchara Martin mientras le sonreía y le guiñaba el ojo a Callie.

VEINTITRÉS

¿Qué te parece?

Clayton entrecerró los ojos ante el radiante sol de marzo mientras araba la zona del jardín con su arado manual que había comprado hacía unos días. Un anciano en un carro gitano se detuvo y le vendió el arado junto con algunas bolsas de semillas para su siembra de primavera. Halcón lo había hostigado tanto que Clayton también compró algunas ollas y sartenes de hierro, una escoba nueva, jabón de lavandería y una tabla de lavar. El viejo se había tomado en serio las tareas de la casa: se la pasaba fregando los suelos, lavando las ventanas y vaciando regularmente los orinales.

—Más te vale que te quites esas botas llenas de barro antes de poner un pie en el piso limpio, muchacho —gritó Halcón mientras pasaba por delante del granero donde había estado cuidando un puñado de pollitos que había conseguido de la esposa de un granjero cercano.

Es peor que tener una esposa.

—Sí, querida —exclamó en tono de burla Clayton.

—Cuando termines de remover la tierra, ¿puedes hacerme el favor de tensar la soga del tendedero? Te lo pedí la semana pasada —le pidió Halcón con las manos en la cadera —. La última vez que colgué las sábanas, tocaban el suelo.

Clayton puso los ojos en blanco, detuvo lo que estaba haciendo y se limpió la frente con la manga de la camisa.

—Me pondré con eso, querida.

—Gracias, muchacho. Quiero lavar las sábanas de nuevo esta semana —dijo y desapareció dentro de la casa.

Clayton sonrió para sí mismo. Haber tenido a ese anciano durante todo el invierno había sido una alegría y sabía que lo echaría de menos cuando decidiera retomar su viaje. Halcón no había dicho nada, pero con las últimas temperaturas cálidas, sentía que vería la mochila y el rifle del viejo en la puerta cualquiera de estos días, listo para irse.

Desde Navidad, él y Callie habían intercambiado varias cartas. Le gustaba leer sobre sus clases con las jóvenes de la Casa Ellsworth y los progresos en la construcción de su tienda. Ella hablaba mucho de la moda femenina, algo que él no podía entender; sin embargo, ella le dibujaba a veces un boceto para ayudarle a entender el diseño de una manga o de un delantal elegante.

A Clayton le encantaba que tuviera tan grandes planes para su tienda. Había ordenado un enorme vidrio para la vidriera y confiaba en atraer a algunas mujeres del lugar con la ropa que exhibiría allí. Clayton era escéptico, pero no quería arruinar los sueños de Callie.

Se rio cuando Callie escribió que pensaba hacer una exhibición de corsés y volantes en la vidriera para llamar la atención de todos. Clayton estaba seguro de que lo haría, pero le advirtió que fuera despacio. Le recordó que estaba en Kansas y que los progresistas con enfoque moralista todavía dominaban el estado.

Aunque no se lo dijo en persona, Clayton le había escrito a Callie sobre sus profundos sentimientos hacia ella y esperaba que ella pudiera hacer lo mismo con él. Esperaba la respuesta a esa carta y confiaba en encontrar una en su buzón cuando llegara a la ciudad.

A medida que transcurría la mañana, Clayton terminó de

arar y tensó la soga del tendedero.

—Ya era hora —comentó Halcón cuando salió a buscar agua de la bomba—. Llevo semanas pidiéndotelo.

Clayton esbozó una sonrisa.

—Ya cállate, viejo. Ensilla esa vieja mula y vamos a la ciudad.

—¿A la ciudad? —preguntó Halcón —. Tengo un pollo hirviendo en la estufa para comer con los bollos. No puedo ir a la ciudad sin una buena razón.

—Saca el pollo de la estufa, viejo —regañó Clayton—, y ensillaré los animales. Acompáñame al pueblo y tomemos una cerveza.

Una sonrisa iluminó el rostro arrugado del anciano.

—Ahora sí que hablas mi idioma, muchacho. Hace meses que no tomo una cerveza.

Cargó el cubo de agua por las escaleras.

—Pondré el pollo en la encimera y terminaré de hervirlo esta noche. Podemos comerlo con bollitos mañana por la noche.

—Buena idea —dijo Clayton con una sonrisa—. Ensillaré a Bessie y a Dolly y nos vemos en la entrada.

El viaje hasta Ellsworth fue agradable. El paisaje estaba lleno de brotes verdes que surgían de las puntas de las ramas y de hierba fresca que brotaba a lo largo del camino. Los pájaros revoloteaban por los setos, gorjeando con emoción mientras buscaban recursos para hacer sus nidos.

—La primavera siempre huele tan bien —opinó Halcón a horcajadas en su mula—. Tan llena de nuevas promesas para el año por venir.

Clayton sonrió mientras observaba un cardenal de color rojo brillante posado en una rama.

Supongo que se contagió de esa vena filosófica en el colegio de los jesuitas.

—Nunca lo pensé de esa manera —dijo Clayton—, pero entiendo tu punto de vista. Luego de que plante esas semillas en el jardín, brotarán, florecerán y eventualmente nos regalarán un abanico de vegetales. Las zarzas de mora de ese seto, allí, florecerán y harán bayas que podrás convertir en pasteles para que yo los coma. Creo que eso es prometedor.

—Podemos hacer mermelada para untar en las galletas también —dijo Halcón con un guiño.

No parece que esté pensando en irse pronto.

En la oficina de correos, Clayton encontró una carta en su buzón. La llevó afuera y la abrió. Halcón había entrado al Búfalo Furioso con dos monedas que Clayton le había dado para las cervezas. Se reuniría con el viejo después de leer su carta.

Querido Clayton:

Me encanta recibir tus cartas. Me alegra saber que tienes afectos por mí. Yo también los tengo por ti. Pienso en nuestros besos a menudo. Son los mejores besos que he tenido.

Nunca he sido de las que escriben sus sentimientos en papel como las mujeres de los romances que a veces leo, pero lo intentaré. El último hombre que quise me hirió mucho. Lo amé, le di mi cuerpo, le di un hijo y le di mi corazón. Y sin embargo, me traicionó, me dejó de lado y me humilló de más formas de las que puedas imaginar. No hace falta decir que tengo miedo de volver a dar tanto de mí.

Si soy honesta conmigo misma y contigo, creo que podría amarte, Clayton Swift. Sin embargo, me llevará algún tiempo. Tengo más años y además, un negocio en el cual pensar. Tengo responsabilidades, una hipoteca. No puedo ser la mujer que fui para Evan y no puedo tener un hijo.

Sé que son cosas importantes para un hombre, pero si crees que puedes lidiar con eso, entonces me encantaría oírlo de ti. Si no puedes, entonces me conformaré con ser tu amiga.

Con cariño,

Callie.

Clayton miró fijamente las palabras escritas. Ella dijo que *podía* amarlo. No había dicho que *lo amaba*. Era justo. Él tampoco le había dicho que la amaba.

Todo este asunto del romance es incomprensible. Le gusto. A mí me gusta ella. Los besos fueron geniales y la tarde en la cama fue fantástica. ¿Por qué lo pienso tanto? ¿Y qué si ya no puede tener más bebés? Ambos somos demasiado viejos para criar un hijo. Vaya.

La primera inclinación de Clayton fue dirigirse a la Casa Ellsworth y visitarla, pero Halcón lo esperaba en la taberna. Tal vez iría después de una cerveza. Le vendría bien una para calmar su mente. Al entrar, vio a Halcón con un vaso de cerveza en las manos.

—¿Recibiste otra carta, muchacho? —preguntó con una sonrisa. —Dale una cerveza al chico —le dijo Halcón al barman.

Clayton colocó una moneda de cinco centavos en la barra y asintió al barman.

—¿Y? Cuéntame ¿Te escribió?

Halcón vació su vaso y pidió otro.

—Sí, me escribió —respondió Clayton y sorbió un largo trago de la cerveza fría.

—¿Y estaba llena de palabras tiernas y sentimentales que profesaban su amor por ti? —preguntó Halcón, pestañeando de manera exagerada.

—Ya basta, viejo, o le diré al barman que te corte el suministro de cerveza.

Halcón frunció el ceño, y luego le dio una palmadita a Clayton en el hombro juguetonamente.

—Solo estoy bromeando contigo, muchacho.

El barman colocó una cerveza frente a Halcón y el viejo la tomó y le dio un largo trago.

—¿Era una carta bonita o te dijo que te caigas muerto por ser un asno?

Clayton sonrió.

—Era una carta bonita.

—¿Quiere ver tu lamentable trasero de nuevo? —preguntó Halcón poniendo los ojos en blanco.

Clayton se encogió de hombros y frunció el ceño.

—No lo sé, pero yo quiero verla.

—Entonces ve a verla, muchacho.

Halcón tomó otro trago de su cerveza.

—¿Tienes miedo de ir a verla? Las mujeres pueden volverse contra ti rápidamente, eso seguro. Un minuto están encima de ti con palabras lindas y besos y luego... —dijo Halcón pasándose un dedo por la garganta—, estás en el retrete con un orinal roto encima de la cabeza… A veces no hay rima ni razón para que te hagan eso, pero es difícil vivir sin ellas por mucho tiempo.

Clayton vació su vaso de un trago.

—Iré a verla, ¿Pueden tú y Bessie llegar a casa sin mí?

—No te preocupes —le dijo Halcón con una sonrisa demasiado amplia—. Ve a ver a tu chica.

—Esa fue la última cerveza para él —le dijo Clayton al barman, quien sonrió y asintió con la cabeza en señal de comprensión.

—Bueno, ¿quién se cree? ¿Mi padre? —le escuchó decir a Halcón antes de salir de la taberna.

Clayton estaba a punto de llegar a la Casa Ellsworth cuando escuchó un martilleo que venía de la construcción de al lado. Bajó del porche de la Casa Ellsworth y cruzó un terreno vacío deteniéndose frente a una estrecha estructura de madera de dos pisos. Un hombre con una brocha en la mano estaba pintando algo en dorado sobre un amplio panel de vidrio. Se leía «El Emporio de la Dama, de Callie». A través de la ventana, Clayton podía ver gente moviéndose.

—¿La dueña está dentro? —le preguntó Clayton al pintor.

—Sí —dijo sin apartar la vista de su trabajo—, ella y el señor Toliver están discutiendo sobre mesas, mostradores y demás. Puedes pasar.

Clayton le agradeció y abrió la puerta de seis paneles

recién pintada.

Callie estaba dentro con el cabello atado con una cinta. Sus pies separados en una postura desafiante con sus brazos en jarra apoyados en sus caderas.

—Quiero que la mesa de corte esté en la parte de atrás, quiero las dos mesas de exhibición cerca de la puerta delantera, y el mostrador aquí en el medio de la pared entre las ventanas laterales.

El hombre, probablemente su contratista, el señor Toliver, puso los ojos en blanco.

—Yo pondría el mostrador al frente y las mesas en el centro de la sala. Tiene más sentido.

—No quiero que el mostrador bloquee el escaparate —refutó Callie—, y con el mostrador ubicado en el medio puedo mirar toda la tienda, la parte de adelante y la de atrás.

Toliver levantó las manos en señal de resignación.

—Tú eres la jefa —resopló y se alejó de Callie.

—Ojalá lo recordaras —murmuró Callie mientras se giraba y se encontraba con Clayton sonriéndole.

—¿Problemas laborales? —preguntó él.

Callie puso los ojos en blanco y se frotó las manos en su delantal manchado de pintura.

—Estoy segura de que vendré mañana o pasado mañana y el mostrador estará justo ahí —dijo señalando hacia la gran ventana.

—Tienes mucho espacio —comentó Clayton, mirando la tienda, que olía a madera recién cortada y a pintura.

La cara de Callie se iluminó por el cumplido y le tomó la mano.

—Déjame mostrarte el lugar —dijo ella, tirando de él hacia la parte de atrás de la tienda—. Ya has visto el escaparate, por supuesto, y deduzco que has oído dónde quiero mi mostrador.

Señaló una estructura que se parecía a un closet.

—Ese será el vestidor y esos estantes en la esquina tendrán

sombreros, los últimos de la temporada.

—¿Por qué las putas necesitarían sombreros? —preguntó con una sonrisa nerviosa—. No las usan en la cama.

Callie le dio una bofetada en el brazo.

—Tienen que salir alguna vez.

—Supongo que tienes razón. ¿Qué hay ahí atrás? —preguntó, señalando la parte de atrás del edificio.

—Esa será mi área de trabajo y donde guardaré mis rollos de tela.

Clayton se dirigió allí para inspeccionar el área. Vio un tramo de escaleras.

—¿A dónde va esto?

—Arriba —dijo Callie, tomando la mano de Clayton—, está la mejor parte.

Subieron juntos las escaleras, abrieron una puerta y entraron en un espacio abierto con ventanas en los dos extremos.

—¿Qué tiene de grandioso un ático? —preguntó él, agachando la cabeza debido a la pendiente del techo.

—Esta —dijo ella, extendiendo su brazo por la habitación —, será mi nueva morada. Pondré una estufa, algunos muebles, y un fregadero seco en este extremo que será la cocina en el otro extremo, donde será mi dormitorio , una cama, un tocador y un closet. Tendré una silla y una mesa grande y cómoda para trabajar por las noches. ¿No crees que será mejor que vivir en la Casa Ellsworth?

Clayton miraba a su alrededor con consternación. Ella lo había pensado en todo. Con un lugar como este, Callie tenía todo lo que necesitaba; su negocio, su casa y su independencia.

—Sí —suspiró—, esto es muy bonito.

Callie tomó la mano de Clayton.

—¿Qué pasa? Pensé que querías que me vaya de la Casa Ellsworth.

—Es verdad... sigo pensando igual —balbuceó—. Pero no

pensé que sería así.

—¿Qué quieres decir? —preguntó con inquietud—. ¿Así cómo?

—Sola aquí —dijo, mirando fijamente al espacio vacío—. ¿Crees que es seguro para una mujer?

—Las puertas estarán cerradas cuando la tienda no esté abierta —dijo Callie con confianza y se encogió de hombros —. Muchas mujeres viven solas.

Clayton la estrechó en sus brazos.

—Pero ninguna de ellas es mi mujer —dijo y luego la besó.

—¿Tu mujer? —susurró Callie mirándolo a los ojos.

—Si quieres serlo, claro —dijo Clayton con nerviosismo mientras le recorría la espalda con su mano.

—¿Leíste mi carta?

—Sí.

—¿Y qué piensas? —preguntó Callie y descansó su cabeza en su pecho.

—Creo que eres una mujer de carácter fuerte. Tú hiciste que todo esto sucediera. No muchos podrían haberlo hecho —. La besó de nuevo y luego respiró profundamente—. Sé que ahora tienes obligaciones y lo respeto. Yo también tengo obligaciones. Tengo que poner vallas para el ganado y estoy pensando en sembrar más centeno en un cuarto de la propiedad—. La acercó y la sujetó con fuerza—. Ambos estaremos ocupados, pero creo que estoy dispuesto a intentarlo si tú lo estás.

Callie le miró a los ojos y sonrió.

—Yo también —suspiró y dio un paso atrás—. ¿No te molestará que haga negocios con las mujeres de mala reputación de Ellsworth?

Clayton soltó una risa.

—Al menos no vivirás más con ellas. Sus ojos se dirigieron al fondo donde Callie dijo que estaría su dormitorio. —¿Cuándo se supone que llegarán los muebles?

VEINTICUATRO

Nuevas promesas

Callie estaba aturdida por la emoción. La carreta con sus rollos de tela por fin había llegado y la estaban descargando. Había pedido cuatro rollos de seda de nueve metros para hacer camisolas y calzones, cinco rollos de algodón blanco para el mismo fin, y también para confeccionar enaguas, camisones y batas. Callie observó cómo el joven llenaba la pared del fondo con telas de algodón peinado en tonos primaverales para los vestidos de día y los vestidos dominicales. Las lanas para el verano de tonos más intensos se convertirían en trajes. Callie se imaginó elegantes vestidos de salón hechos de satén en tonos de diamantes.

Estoy tan emocionada. Me muero por empezar y llenar mi tienda de cosas bonitas.

En la parte de atrás, había maniquíes de alambre esperando a ser cubiertos con prendas elegantes junto con cajas llenas de encajes y lazos para adornar esas prendas.

—¿Qué está pasando aquí?— preguntó Lil cuando entró por la puerta, su bastón golpeando el piso de madera mientras caminaba.

—Llegó mi primer pedido de tela —dijo Callie—. ¿No es precioso?

Lil se acercó y con sus dedos tocó unos de los satenes color azul zafiro.

—Seré la primera en la fila para que me hagas algo con esta tela —le comentó con una ceja levantada. —¿Ya tienes planes para todo esto?

—Tengo planeado cada detalle —suspiró Callie—. Quiero tener suficiente inventario en la tienda antes de que las chicas vuelvan a la ciudad para la temporada de ganado.

—Vas a estar trabajando todo el día, cariño. Es bueno que tengas una cama para descansar arriba —comentó Lil con una sonrisa, señalando el nuevo hogar de Callie.

—Por fin he descubierto cómo enhebrar la Singer —suspiró Callie—, y creo que he descubierto cómo usar el pedal. Si lo que aparece en las revistas es verdad, debería poder coser un vestido en un día.

Lil puso los ojos en blanco con escepticismo.

—Lo creeré cuando lo vea y espero que las costuras sean fuertes. No confío en una máquina para hacer el trabajo de costura. —Pasó su mano por la costura de su ajustado corpiño. —Tiene que estar bien hecha y ser resistente para mantener todo esto en su lugar.

Callie sonrió mientras se dirigía a la máquina y recogió algunos cuadrados de tela. Se los dio a Lil.

—He estado haciendo algunas pruebas. Las costuras parecen ser bastante fuertes. Con la bobina es como si hiciera una costura doble.

Lil tomó la tela, la estudió cuidadosamente y tiró de la costura.

—Parece que podría funcionar —dijo, pero Callie vio la duda en los ojos de la anciana.

Alguien llamó a la puerta. Callie la abrió y encontró al otro lado a Carl Martin, Ted Howard del banco, y al juez Sterling.

—¿En qué puedo ayudarlos, caballeros? —preguntó cordialmente Callie.

—¿Ya ha abierto el negocio, señora Jamison? —preguntó el juez de cabello canoso.

Callie observó al grupo y vio cómo el banquero sacudía ligeramente su cabeza calva.

—Todavía no —dijo Callie—. Ya tengo el local, pero todavía tengo que confeccionar mis productos.

—Estamos aquí en nombre del Ayuntamiento de Ellsworth —anunció el narigón de Martin—, para ver su licencia comercial.

—¿Licencia comercial? ¿Qué es eso?

—Esta mujer ignorante ni siquiera sabe lo que necesita para hacer negocios en Ellsworth —se burló.

El juez Sterling miró con desprecio a Martin.

—Aquí tengo los formularios para que los llene, señora Jamison—. Metió la mano en su maletín de cuero y sacó varias hojas de papel. —Rellénelos y devuélvamelos en el juzgado junto con los honorarios y le daremos su licencia para que pueda llevar a cabo sus negocios en Ellsworth.

Callie vio que Martin se quedaba boquiabierto y miró fijamente al juez.

Me pregunto de qué se trata todo esto.

—¿Qué clase de honorarios? —preguntó Lil.

—Son veinte dólares —sonrió Martin—. Y se deben pagar cada año si planeas vender tus productos aquí en nuestra ciudad.

—Más burocracia, más robo político —resopló Lil.

—No necesitamos ningún comentario de gente como usted, señora —espetó Martin.

—Oh, ¿en serio? —respondió Lil y dio un paso hacia el hombre gruñón.

Callie tocó el brazo de Lil.

—Está bien, Lil. Puedo encargarme sola de esto.

Martin estiró el cuello para mirar el fondo del local de Callie donde el joven acababa de terminar de apilar los últimos rollos de tela.

—Supongo que te quedan veinte dólares después de todos tus extravagantes gastos —resopló mientras pasaba una mano por una de las mesas de exhibición, pulida y barnizada.

El banquero se acercó y le entregó a Callie un cheque en blanco.

—Puede llenarlo por los veinte dólares, señora Jamison. Le queda una abundante suma en su cuenta para cubrir la cuota de la licencia.

Los ojos de Martin se abrieron de par en par.

—¿Qué están haciendo, imbéciles? —siseó—. Estoy tratando de evitar que esta perra abra sus puertas y parece que ustedes le hacen favores para ayudarla. —Martin le frunció el ceño a los dos hombres. —¿Acaso ella les ha estado haciendo favores a ustedes dos? ¿Ha estado abriéndose de piernas en cambio de sus favores?

Lil se liberó del agarre de Callie.

—Ya he tenido suficiente de este pequeño bastardo malhablado —siseó mientras avanzaba y sujetaba la oreja de Martin.

Martin chilló mientras Lil retorcía y tiraba de su oreja, en dirección a la puerta.

—¡Quítame tu sucias manos de encima, vieja zorra!

—Vieja zorra, ¿eh? —murmuró Lil mientras arrastraba a Martin hacia la salida.

—¡Sal de aquí, rata escuálida y maleducada!

Usó su cadera para abrir la puerta y empujó a Martin tan fuerte que tropezó y aterrizó sobre su trasero en la calle Principal que estaba llena de barro.

—Y no vuelvas. No eres bienvenido aquí.

Lil regresó, quitándose el polvo de las manos como si acabara de tirar basura.

—Supongo que ustedes, caballeros, no tienen la misma mentalidad que esa pequeña rata —preguntó, ladeando la cabeza hacia la puerta.

—No, señora —respondió el juez Sterling con una sonrisa encantadora. Se volvió hacia Callie.

—Si puede rellenar el formulario ahora y firmarlo, nos pondremos en camino y le haremos saber al Consejo que cumple perfectamente con todas las ordenanzas de la ciudad.

—Lo haré.

Llevó los papeles al mostrador donde tenía un tintero y un bolígrafo.

—Esto solo tomará un minuto —dijo y comenzó a responder las preguntas del formulario.

—Si me da ese borrador —le dijo Howard—, lo llenaré y luego usted lo firma.

Callie sonrió y le entregó al banquero el papel.

—Agradezco toda su ayuda, caballeros —dijo Callie con lágrimas de agradecimiento en sus ojos.

Howard le dio una palmadita en el brazo a Callie.

—Solo estoy cuidando los intereses de los accionistas. Si no puedes abrir, no puedes vender tus bienes. Si no puedes vender tus bienes, no puedes pagar la hipoteca.

—Sin duda lo aprecio —dijo Callie otra vez—. Tengo mucho trabajo que hacer antes de abrir las puertas de mi negocio.

Callie terminó el papeleo, firmó el borrador y se lo entregó todo al juez Sterling.

—¿Cuándo planeas tu gran inauguración? —preguntó.

—Espero que el primero de junio —suspiró Callie—, pero tengo mucho que coser y montar antes de eso.

—No te preocupes, cariño —dijo Lil y dándole una palmadita en el hombro—. Las chicas y yo te ayudaremos con todo. Tu tienda estará lista cuando las chicas de la temporada lleguen a la ciudad.

VEINTICINCO

La grandiosa inauguración

El primer sábado de junio comenzó soleado y cálido. Clayton se despertó junto a Callie en su nuevo dormitorio, encima de la tienda.

—¿Dormiste algo? —preguntó Clayton al mismo tiempo que volteaba para darle un beso en la mejilla.

—No mucho —respondió mientras se estiraba y bostezaba —. Tal vez un par de horas. Estaba demasiado nerviosa, repasando una y otra vez los detalles en mi mente.

—Haré un poco de café —dijo besándola de nuevo.

—¿Podríamos ir al Filete Jugoso a desayunar? Tengo tanta hambre que podría comerme tu yegua.

—A Dolly no le gustaría eso en absoluto —comentó Clayton con una sonrisa mientras se ponía los pantalones—. Iremos allí a desayunar.

Para el gran día que le esperaba, Callie se puso un vestido de algodón color lavanda adornado con un ribete de encaje de ganchillo de color blanco, botones de perlas y lazos de un tono más oscuro que la tela. Se cepilló el cabello y lo ató con una tira del mismo lazo, se puso sus botas y por último, sus guantes blancos.

—Te ves hermosa, Callie —dijo Clayton mientras la miraba con detenimiento.

—¿Me ayudas con el delantal? —preguntó ella mientras rodeaba su delgada cintura con las tiras del delantal—. Átalo con un gran moño para que el encaje se amontone en mi trasero.

Clayton frunció el ceño, confundido.

—Nunca entenderé por qué las mujeres quieren que su trasero se vea más grande de lo que es.

Callie sonrió y se encogió de hombros.

—No puedo explicar los porqués de las modas actuales. Solo elijo las telas más bonitas y las coso.

—Hiciste un buen trabajo con este vestido —elogió Clayton, besándola de nuevo—. Estás hermosa.

Callie le agradeció y le devolvió el beso.

—Ven a ver lo que hicimos con la tienda —dijo emocionada al mismo tiempo que lo arrastraba por las escaleras—. Estuvimos trabajando toda la noche. Creo que bajaré la cortina de la ventana antes de que vayamos a desayunar, para que la gente pueda echarle un vistazo a lo que hay antes de que abramos.

Clayton se sorprendió al ver lo que Callie había logrado en unos pocos meses. Sobre las mesas, había pilas de ropa interior femenina doblada en una variedad de colores y telas. Los maniquíes mostraban vestidos con volantes, vestidos de día, trajes, y vestidos de salón elegantes. Uno de los maniquíes mostraba un corsé con encaje, ceñido sobre una camisola de seda y unos calzones. Los sombreros con flores de seda y plumas estaban sobre los soportes de alambre. Detrás de la ventana drapeada había dos maniquíes de hierro. Uno mostraba un vestido de satén color rojo rubí con un gorro a juego y el otro un vestido verde esmeralda adornado con gruesas hileras de encaje negro alrededor del cuello y de los puños. Callie se alegró cuando vio que un grupo de mujeres estaba esperando. En el momento que Callie corrió la cortina, sus ojos se abrieron de par en par y se taparon las bocas con las manos en señal de admiración al ver las lujosas prendas.

—Vamos a comer —dijo Callie con una sonrisa radiante —. Creo que va a ser un día muy ocupado.

Dos mujeres corrieron a la puerta cuando Callie la abrió.

«Cuánto cuesta la bata verde», preguntó una de las mujeres. «¿Ya podemos entrar?», preguntó otra mientras se acercaba a la puerta.

—Abrimos a las nueve —dijo Callie con una amplia sonrisa—. Antes necesito un café y un buen desayuno.

Clayton le tomó la mano y juntos se dirigieron al Filete Jugoso.

—Creo que el Emporio de la Dama de Callie va a ser un gran éxito, mi amor.

—Eso espero. —suspiró Callie—. Porque tengo una hipoteca que pagar.

—Creo que el banco no tiene nada de qué preocuparse —dijo con una sonrisa.

Y yo tampoco. Estoy seguro de que mi rancho está en muy buenas manos.

Dentro del Filete Jugoso, las mesas estaban llenas. El señor Jenkins los saludó afectuosamente, pero Callie vio varias muecas de asco de la gente sentada en una de las mesas. Los Martin estaban en ese grupo. A Callie se le hizo la boca agua con el aroma a café y a tocino frito. Jenkins les trajo tazas y una jarra de café.

—Acaban de conseguirme un barril de jarabe de arce fresco —les comentó Jenkins con una amplia sonrisa—, así que mi señora está haciendo sus deliciosos panqueques de mantequilla hoy.

—Suena bien —dijo Clayton—. Quiero eso acompañado de tocino y un par de huevos.

—Quiero lo mismo —agregó Callie.

Los ojos del señor Jenkins se dirigieron a la mesa donde se sentaban los Martin.

—Sé que ha sido la manzana de la discordia en la iglesia —susurró—, pero a la señora Jenkins le gustaría ir a visitar su tienda hoy.

Callie esbozó una sonrisa.

—Es más que bienvenida. Si la hace sentir más cómoda, que suba por el callejón y que entre por la puerta trasera. —Le guiñó un ojo a Jenkins. —La dejaré sin llave.

—Se lo haré saber —dijo con una sonrisa y le dio una palmadita en el hombro con aprecio—. Gracias, señorita Callie. Ha estado un poco inquieta con el tema, pero quiere ver su trabajo.

Jenkins se dio la vuelta y caminó enérgicamente hacia la cocina.

—La puerta trasera podría ser una entrada privada para las curiosas damas del pueblo que deseas atraer —propuso Clayton con la ceja levantada y una sonrisa pícara.

Callie puso los ojos en blanco.

—Estaba pensando lo mismo.

—Te prepararé un buen camino desde la puerta trasera hasta el callejón cuando volvamos —Clayton.

—Gracias. Será interesante ver por cuál de las dos puertas entra más gente.

—Supongo que tendré que instalar una de esas campanitas en la puerta de atrás también —dijo mientras le daba un sorbo a su café.

—Buenos días, cariño —la saludó Lil desde el pasillo—. ¿Te importa si con Mae nos sentamos con ustedes?

—Para nada —dijo Callie acercando su silla a Clayton para dejarles espacio. Lil y Mae se sentaron en las otras sillas.

—¿Pudiste dormir algo anoche? —preguntó Lil mientras extendía una servilleta de lino sobre la falda de su nuevo traje sastre de algodón azul.

Mae llevaba un vestido verde con volantes, adornado con encaje blanco y botones de perlas.

—Se ven encantadoras —dijo Clayton mientras observaba a Lil por encima de su taza de café.

¿Será ella la famosa Lil de la que Halcón me habló? ¿La mujer que sacrificó su integridad para salvar a su familia y a su pueblo?

—Gracias, cariño —contestó Lil con una sonrisa en sus labios pintados—. No sé si este viejo cuerpo sirve para mostrar los talentos de Callie, pero no soy de las que rechazan un vestido nuevo cuando me lo ofrecen.

—Yo tampoco soy de esas —agregó Mae, pasando una de sus manos por la manga de algodón de su vestido. —Este es el vestido más bonito que he tenido desde que mi madre murió. Siempre nos hacía un vestido para Navidad y otro para Pascua.

La joven mujer se limpió una lágrima que caía por su mejilla pecosa. Jenkins tomó nota de los pedidos de los recién llegados y les llevó más tazas y más café. Ellas también pidieron panqueques. Jenkins trajo los platos al mismo tiempo y todos disfrutaron de los panqueques de mantequilla caliente ahogados en jarabe de arce.

—Estoy muy contento de que Isaac el hojalatero tenga de nuevo a Ellsworth en su ruta —dijo Jenkins dándoles una mirada de reojo a los Martin—. Él es el único que puede conseguir este jarabe de calidad.

—Pasó por mi casa y me vendió un arado manual nuevo y otras cosas —comentó Clayton—. Sus precios son muy razonables.

Lil levantó una ceja.

—No sabía que Isaac había venido a Ellsworth antes. Lo conocía de Abilene y le pedí que viniera cuando alguien —dijo señalando con la cabeza hacia la mesa de los Martin—, decidió que no quería hacer negocios con la «gente como nosotros».

Los ojos de Jenkins se abrieron de par en par y sonrió.

—Entonces, ¿eres tú a quien tengo que agradecer por esto? Tu desayuno va por cuenta de la casa. —Apoyó una mano en el hombro de Lil—. Mi esposa está encantada de tener a alguien que le arregle las ollas de nuevo, aunque tenga que llevarlas al límite de la ciudad.

—¿A los límites de la ciudad? —preguntó Clayton mientras le daba un mordisco a su panqueque.

—Algunas personas en el pueblo hicieron lo imposible para que Isaac no pudiera hacer negocios dentro de los límites del pueblo. Licencias y honorarios —explicó en un tono enojado—. Por lo tanto, Isaac solo puede hacer negocios pasando la señal de límite de la ciudad.

Lil le sonrió y le guiñó un ojo a Callie.

—Tal vez le venga bien construir un local.

Clayton le sonrió a Lil. Callie le había contado cómo su amiga había puesto a Martin en su lugar.

Un poco de competencia sacaría al bastardo de Martin del juego y además, yo estaría más que feliz de ayudar al hojalatero a construir el lugar.

—Sería una bendición para este pueblo si pudiera —suspiró Jenkins—, una verdadera bendición.

—Isaac y su esposa se están haciendo demasiado viejos para viajar en ese destartalado vagón —comentó Lil—. Hablaré con ellos para que pongan un escaparate. Conozco a mucha gente en este pueblo, yo incluida, que se alegrarían de tener otro mercado.

Detrás de ellos, unas sillas se arrastraron y cayeron al suelo de madera con fuerza. Luego, unas pisadas enojadas se dirigieron a la salida. Voltearon sus cabezas y vieron a los Martin salir del restaurante.

—Los malditos ni siquiera pagaron su comida —se quejó Jenkins, empezando a recoger las sillas.

—¿Puedes creerlo? —dijo Callie con admiración después de que ella, Clayton y Lil contaran el dinero de la caja por tercera vez.

—No tenía dudas de que ibas a ser un éxito con las mujeres de la temporada —exclamó Lil con una amplia sonrisa en su cansado rostro.

A las nueve de la mañana, habían abierto la tienda a una multitud clamorosa y no habían cerrado las puertas hasta después de las siete de la noche, e incluso a esa hora habían tenido que echar a las mujeres para poder cerrar. Después de la visita de la señora Jenkins, quien entró por la puerta trasera, otras señoras del lugar usaron la misma puerta para echar un vistazo al negocio de Callie. Había sido un largo día y Lil había sido de gran ayuda, sentada en el mostrador, tomando órdenes y cobrando. Callie miró alrededor de la habitación y observó los maniquíes de vestidos vacíos y las mesas desprovistas de las prendas que había confeccionado.

—Me va a llevar otros tres meses reponer todo esto —dijo con un suspiro de satisfacción.

—Pero hoy has ganado más que suficiente para pagar tu hipoteca —dijo Clayton con entusiasmo.

Callie esbozó una sonrisa.

—Primero debo saber lo que me costará comprar los materiales para reabastecer todo esto —dijo ella, recorriendo con la mano la habitación llena de mesas vacías y maniquíes desnudos.

—Entiendo —dijo, mirando alrededor de la habitación—. Supongo que tienes razón.

Este lugar parece como si una manada de vacas lo hubiera recorrido en busca de agua después de un largo período de sequía. No sé cómo va a hacerlo.

VEINTISÉIS

Nadie está a salvo

Dentro del Búfalo Furioso, tres hombres se acercaron a la barra. Los tres pidieron un *whisky*. Sus ropas elegantes no reflejaban sus semblantes hostiles.

—Tenemos que hacer algo con tu perra rabiosa, Jamison —gruñó el más delgado—. Ella y su manada de putas están decididas a dejarme fuera del negocio.

—Lo sé —respondió el hombre con chaqueta de gamuza marrón y sombrero de vaquero—. Ayer me llegó la notificación del juez Sterling, ordenándome que pagara la mitad de la hipoteca de su tienda de mierda. —Inclinó su vaso y se lo bebió de un trago—. Ya no me gustaba nada tener que pagarle a Caine cinco dólares al mes para mantenerla alojada en su casa de putas. Ahora tengo que pagarle cuatro con cincuenta porque vive encima de su tienda—. El ranchero se tragó un segundo vaso de *whisky*—. No me importa pagarte, Caine, pero me toca los huevos que ahora le tenga que dar mi dinero a ese puto banquero.

El hombre más alto y con la cara llena de cicatrices frunció el ceño y dijo:

—Les enseñó a las zorras a leer y a hacer cuentas. Ahora están exigiendo informes completos de todas las transacciones por escrito. —Sacudió la cabeza mientras empujaba su vaso hacia el barman para que lo rellenara—. No ha sido más que un problema desde el primer día —gruñó y se frotó el corte cicatrizado en su mejilla izquierda.

—Bueno, ¿qué vamos a hacer con ella? —preguntó furioso el más flaco.

—Si no tuviera esa estúpida tienda —refunfuñó el ranchero—, los dos estaríamos mejor, Martin.

—No sé si quiero que vuelva a la Casa Ellsworth —murmuró el hombre alto—, pero me gustaría dejarle unas marcas con mi cinturón en su bonita piel blanca otra vez. —Se llevó la mano a la entrepierna y apretó su bulto—. Ese culo ya no es virgen, Evan. Estaba bien apretado.

—¿Gritó? —preguntó el ranchero con una sonrisa.

—Como un cerdo asustado —respondió Caine entre risas.

—¿Soy el único aquí que no la ha probado? —preguntó el hombre delgado, sacudiendo la cabeza.

—Deberíamos ir los tres allí alguna noche, darle un probada que nunca olvidará, y luego quemar el lugar con ella dentro —dijo el ranchero con una risa malvada.

—Ahora sí estamos hablando en serio —dijo el hombre delgado, apretándose la entrepierna. —Mi esposa solo quiere hacerlo de una manera: de espaldas y dormida.

—Callie siempre tuvo un lindo coño —suspiró el ranchero y se tragó otro vaso de *whisky*—, pero las cosas que podía hacer con su boca... —sonrió con los ojos cerrados y se estremeció.

—Su coño estaba seco, y lo que hizo con su boca no fue nada especial —dijo el hombre alto—, pero ese culo virgen, seguramente podría volver a hacerlo.

—Bueno —dijo el hombre delgado—, hagamos un plan. Ya tengo la polla dura por imaginarme a la perra gritando mientras su tienda de mierda se quema a su alrededor.

—¿Y qué hay de ese enorme vaquero que ahora está siempre a su lado? —preguntó el ranchero—. He oído que duerme con ella en la tienda. Me pregunto si Sterling lo sabe. Tal vez reenviaría esa notificación y haría que ese vaquero que se la está metiendo pague los cuatro con cincuenta.

—Podemos lidiar con un estúpido vaquero —dijo el hombre con cicatrices en la cara—. Nadie va a preguntarse por dos cuerpos quemados en una tienda de ropa de putas.

—Vamos —exclamó el más delgado, dándoles una palmada en la espalda a los demás—, caminemos hasta el Emporio de la Dama de Callie y hagamos un plan.

Los tres hombres salieron de la taberna riéndose. Ninguno le prestó atención al hombre canoso sentado al fondo de la barra, quien había estado escuchando cada palabra de su conversación.

Callie estaba parada al frente de la ventanilla del cajero con una preocupante arruga en su frente.

—No lo entiendo, señor Rykard —dijo ella, mirando su contrato—. El señor Howard me dijo que podía pagarlo por completo en cualquier momento y de esa forma, no tener que pagar todos estos intereses.

El delgado y pelirrojo cajero le sonrió a Callie.

—Debe haberlo malinterpretado, señora Jamison —dijo en un tono condescendiente—. El banco gana su dinero cobrando los intereses de los préstamos. Su deuda es de mil ochenta dólares —dijo, señalando la cantidad subrayada en su contrato.

—¿Puedo ayudarla, señora Jamison? —interrumpió Howard al salir de su oficina.

—Yo... creo que ya lo tenemos resuelto, Howard, señor —farfulló con nerviosismo el cajero mientras doblaba apresuradamente el contrato de Callie y lo quitaba de en medio.

—¿Señora Jamison? —insistió Howard.

—Vine a pagar mi préstamo por completo —explicó Callie—, pero este joven dice que debo más de lo que pensaba.

—¿Sí? —preguntó Howard acercándose al cajero para recuperar el contrato—. El monto de su pago está aquí —dijo señalando una de las cifras que aparecía en su plan de amortización que decía: «Quinientos cuatro dólares y veinte centavos». Howard se volvió hacia el cajero.

—¿Es esa la cantidad que le dijo a la dama?

—Em...bueno...em... —tartamudeó Rykard.

—Me dijo que debía el importe total del préstamo con todos los intereses, lo que sumaba un total de mil ochenta dólares —explicó Callie mirando a Howard y al nervioso cajero. Callie observó que la cara del cajero se tornaba roja.

—Yo termino aquí, Rykard —dijo Howard, apartando al hombre. —Espéreme en mi oficina. Por favor, Penny —dijo dirigiéndose a su recepcionista—, tráeme los archivos de todos los préstamos que el señor Rykard ha cobrado en el último año.

—Sí, señor — respondió la joven con una sonrisa enorme mientras veía a Rykard marchar cabizbajo hacia la oficina de Howard.

—Bien, señora Jamison —dijo Howard, aclarándose la garganta con nerviosismo—, supongo le ha ido muy bien con su gran apertura si ya está lista para pagar su préstamo.

—Así es, señor —respondió Callie con una sonrisa— me fue bastante bien.

—¿Está segura de que quiere pagarlo por completo? Podría pagar una parte, y podemos ofrecerle una línea de crédito.

Los ojos de Callie se dirigieron a la oficina donde Rykard esperaba a su jefe.

Ese hombre estaba tratando de robarme. Estoy segura.

—Creo que me sentiría más cómoda pagando el

préstamo, señor Howard y quisiera abrir una cuenta de la que pueda sacar fondos para comprar mis suministros.

—Por supuesto —dijo el banquero con una sonrisa.

Callie contó el dinero, lo deslizó por el mostrador de mármol y esperó a que Howard firmara el pago completo en su contrato.

—¿Y si necesitara otro préstamo?

—Su historial crediticio es bueno aquí, señora. Ha demostrado con creces que su negocio es viable.

—Gracias, señor Howard —respondió Callie, mientras guardaba su contrato en el bolso. Estrechó la sudorosa mano del banquero y se despidió.

Mientras abría la puerta para salir del banco, Callie escuchó la puerta de la oficina de Howard cerrarse de un fuerte golpe.

—Rykard, ¿qué mierda fue eso?

Howard entró a la oficina furioso y se sentó en la silla.

—No sé a qué se refiere, señor —respondió el flaco cajero, indignado.

—Intentaste robarle a esa mujer más de quinientos dólares.

—Por favor, señor —dijo Rykard con una sonrisa pícara —, todo el mundo sabe que esa mujer no es más que una sucia puta y una tonta. No hay nada malo en robarle a una puta su dinero mal ganado y además, una mujer no tiene lugar en el mundo de los negocios.

Howard observaba con la boca abierta a su yerno. Golpeó con el dedo la pila de archivos que Penny, una de sus hijas, le había traído.

—¿Y qué descubriré cuando vaya a visitar a todos estos clientes?, ¿cuántos de ellos han pagado de más por sus préstamos, Brian?

—Ninguno —respondió el hombre, mirando la pila de archivos—. Bueno, tal vez uno o dos, pero eran demasiado estúpidos para notar la diferencia y además, se lo merecían.

—Oh, Dios mío —exhaló el banquero llevándose una mano a la boca—. ¡Fuera de mi banco! —gritó Howard mientras se ponía de pie y señalaba la puerta.

—Pero... pero ¿cómo mantendré a Deborah y a los niños? —preguntó entre jadeos Rykard.

—Deberías haber pensado en eso antes de robarle a mis clientes —replicó furioso Howard abriéndole la puerta—. Ahora lárgate y cuando averigüe a quién le has robado su merecido dinero, le entregaré todas las pruebas al comisario para que lo procese.

Howard condujo al hombre tembloroso por el vestíbulo vacío hasta la puerta.

—Penny, gracias por informarme sobre lo que estaba sucediendo entre él y la señora Jamison.

La joven asintió con la cabeza y volvió a su trabajo.

—Ocúpate de las cosas mientras estoy fuera, querida —le pidió a la joven. Se dirigió a su oficina a por el montón de archivos de préstamos.

—¿Quieres que dirija el banco, padre? —preguntó Penny con los ojos abiertos de par en par.

—Confío plenamente en ti, muchacha —dijo con una sonrisa nerviosa—. Recientemente he aprendido a reconocer las capacidades de las mujeres en los negocios.

Se puso el sombrero en la cabeza y salió del banco con la pila de archivos en los brazos.

VEINTISIETE

Es hora de tu merecido

Clayton y Callie se sentaron en el Filete Jugoso y disfrutaron de sus deliciosos platos de pollo frito con puré de patatas, salsa de crema y galletas; todo cocinado por la señora Jenkins.

—Debería volver a la tienda —suspiró Callie—. Por fin llegó una parte del segundo pedido de tela y ya debería estar recortando —. Bebió el café de su taza—. Varias mujeres están esperando órdenes, y necesito reponer mis mesas.

—Tú y Lil han estado haciendo un buen trabajo —opinó Clayton—. El lugar se ve casi tan bonito como el día que abriste.

Callie puso los ojos en blanco.

—Ni de lejos.

Lil había ayudado a Callie a usar la tela de su primer encargo y gracias a eso, ahora las mesas estaban llenas de diversas prendas y los maniquíes mostraban nuevos vestidos. Cuando Callie descubrió las habilidades de bordado de Lil, la contrató para que le añada accesorios a muchas de sus prendas. Las sencillas camisolas de algodón blanco ahora tenían bonitos bordados en los escotes, las mangas y los dobladillos. Los delicados bordados añadían elegancia y Callie quería que su tienda fuera famosa por ofrecer calidad y elegancia a un precio razonable.

—Prácticamente vendes las cosas apenas las pones en exhibición —dijo, tomando su mano.

—Debemos encontrar un mejor restaurante, querida —oyó Clayton decir a alguien al pasar—, parece que aquí dejan entrar a cualquier basura.

Observó a Callie fruncir el ceño al escuchar la voz. El hombre mayor y fornido, bien vestido, le resultaba familiar, pero Clayton no pudo ubicar de dónde lo conocía.

—¿Quién es aquel hombre? —le preguntó.

—Es Evan Jamison —suspiró Callie—, mi antiguo marido.

Clayton observó al hombre más atentamente.

¿De dónde lo conozco? Me resulta muy familiar.

Cuando el hombre tomó un vaso de agua y se lo llevó a los labios, Clayton lo reconoció.

Es el idiota que hablaba de Callie en la taberna. Ahora entiendo, sabía lo que le gustaba a Callie en la cama porque estuvo casada con ella durante diez años. Soy un estúpido.

—¿Estás bien? —le preguntó Callie al sentir que Clayton apretaba con fuerza su mano.

—Disculpa —dijo mientras la soltaba— Perdón, ¿te lastimé?

Callie se frotó la mano.

—No, estoy bien. ¿Por qué te has alterado tanto de repente?

—Te debo una disculpa, Callie —dijo, mirando a Evan Jamison, que se encontraba al otro lado de la habitación.

—Te dije que está bien —dijo ella mientras comía la última de sus patatas.

—No por eso —dijo Clayton frunciendo el ceño. Le explicó lo que había escuchado aquella noche en el Búfalo Furioso justo después de su primer beso —Me siento como un idiota ahora.

—Tú no eres el idiota, Clayton —respondió ella, frunciéndole el ceño a su exmarido—. Evidentemente desde que nos divorciamos, él ha estado diciendo cosas horribles sobre mí por todo Ellsworth.

—No me digas —siseó Clayton—. Debería ir allí y golpear su puta cara.

Callie tomó la mano de Clayton.

—No lo hagas. No vale la pena —Callie respiró profundamente. —No sé cuándo será el día, pero Evan Jamison tendrá lo que se merece.

De repente, alguien abrió la puerta del restaurante y la falda de Callie se agitó por la fuerte brisa.

—Debería volver a la tienda —suspiró Callie—. Tengo mucho trabajo que hacer.

El llanto de un bebé le llamó la atención. Callie volteó y vio a Polly Hardin avanzando decididamente entre las mesas con un bulto inquieto en sus brazos.

—Quizás ese día llegó —le susurró Callie a Clayton mientras dejaba pasar a Polly.

Callie observó a la chica, que había aumentado un poco de peso por su embarazo, marchar hacia Evan y darle el bulto de mantas.

—Aquí tienes, Evan —gritó Polly para que todos en el concurrido restaurante la escucharan—. Aquí está el hijo que tanto deseabas.

Volteó para irse, pero cuando vio a Callie, se volvió hacia el hombre, que mostraba confusión y estaba con los ojos abiertos de par en par.

—Por cierto, lo llamé Cal.

Le guiñó un ojo a Callie mientras se dirigía hacia la salida.

—¿Qué esperas que haga? —le gritó de vuelta—. No quiero a este pequeño bastardo.

Tanto hombres como mujeres miraron con furia a Evan mientras este corría con el bebé en brazos detrás de la chica.

—Dios mío —dijo Clayton entre risas.

—Dios mío —repitió Callie mientras tomaba el brazo de Clayton.

—Esto no es divertido —siseó la mujer que había entrado con Evan.

Callie la reconoció. Era la maestra de escuela que estaba aquel día en la tienda de Martin.

—No, no lo es. Evan es responsable del futuro de esas dos personas —dijo Callie refiriéndose a Polly y a su bebé.

—Evan jura que nunca se acostó con esa chica —dijo la mujer en tono desafiante.

—Evan es un mentiroso. Yo misma los sorprendí teniendo sexo entre los arbustos. Pregúntale sobre el día en que fui a recoger bayas el verano pasado —. Callie le sonrió a la mujer que tenía la cara roja como un tomate—. Deberías releer la cláusula de moralidad de tu contrato de trabajo, querida. Dice algo sobre ser vista en público con tipos de mala reputación. Y a mi modo de ver, Evan Jamison es tan despreciable como muchos otros de Ellsworth.

Callie volteó y tomó el brazo de Clayton.

—Eso fue duro —le susurró Clayton.

Evan volvió a entrar por la puerta con el niño gritando en sus brazos. Callie se acercó y apartó las mantas de la cara roja del niño.

—Toma esto, Callie —dijo Evan empujando el bulto hacia ella.

Callie dio un paso atrás.

—Me alegro por ti, Evan. Tu hijo se parece a ti. Nadie puede negar que es tuyo —dijo Callie en voz alta y clara—. Pero creo que tiene hambre. Hazte cargo.

Callie rodeó a su exmarido y salió a la cálida tarde de verano.

—*Eso* fue duro —dijo Callie con una sonrisa.

Clayton soltó una carcajada.

—De hecho, lo fue. Recuérdeme que nunca la haga enojar, señorita Callie.

Callie le dirigió una sonrisa.

—No tienes que quedarte conmigo esta noche —dijo mientras caminaban juntos de vuelta a la tienda—. Estaré trabajando durante horas.

Se oyó el relinche de una mula en la distancia y luego de unos segundos, un caballo relinchó en respuesta. Callie contempló las brillantes estrellas que centelleaban en el oscuro cielo.

—Qué hermosa noche. Abriré todas las ventanas para disfrutar de la brisa mientras trabajo.

—No me molesta quedarme. Quiero asegurarme de que estás a salvo.

Clayton había estado quedándose con Callie desde que Halcón les contó la charla de los hombres de la taberna. Después de escuchar atentamente la descripción de los hombres, sospechaban que uno era Martin, del mercado, y el otro Caine, de la Casa Ellsworth.

¿Será Jamison el tercer hombre? Cuadra con la descripción que Halcón dio. Si lo es, no creo que salga a causar problemas esta noche.

—Creo que el tercer hombre que describió Halcón podría ser tu marido, Callie. Dijo que el hombre se quejaba de tener que pagar tu alquiler. Él es quien paga eso, ¿verdad? —preguntó Clayton.

—Dudo seriamente de que Evan esté metido en un plan para atacarme y matarme, Clayton.

—Pues no tuvo problemas en atacar tu reputación en el Búfalo Furioso con el lugar lleno de hombres oyendo sus pensamientos de mierda.

—Evan es un charlatán —suspiró Callie—, especialmente después de tomar unos cuantos *whiskies*, pero nunca ha sido violento.

Caminaron hasta la puerta principal de la tienda. Callie abrió la pesada puerta de madera y entraron. La habitación olía a madera nueva, a pintura fresca, y a aceite de lámpara. Clayton cerró la puerta y estrechó a Callie entre sus brazos.

—Creo que debería quedarme —dijo, inclinándose y besándola apasionadamente.

Callie le rodeó el cuello con sus brazos y entrelazó los dedos en su sedoso cabello. Le devolvió el beso, pero cuando sus pezones empezaron a palpitar de deseo, se apartó.

—Creo que deberías irte —dijo con una sonrisa—. Tengo mucho trabajo que hacer y tú y tus besos son una distracción.

Clayton sonrió y respiró hondo.

—Dolly no se alegrará de volver a casa en medio de la oscuridad.

—Dile a Dolly que lo siento, pero tengo mucho trabajo que hacer.

Se alejó de Clayton, quien se quedó frunciendo el ceño.

—Tengo que clasificar todas estas telas y recortes nuevos —comentó mientras se dirigía hacia la parte de atrás donde estaba su mesa de corte junto con rollos de tela y varias cajas.

Clayton la acompañó y se detuvo junto a ella para encender la vela de la lámpara que había prendido antes de salir a cenar.

—Ven a ver todo esto.

Se dirigieron hacia la parte trasera del largo y estrecho edificio.

Callie encendió otra lámpara para iluminar su espacio de trabajo.

—Mierda —siseó—. Estoy segura de que cerré con llave antes de irme. Se acercó a la puerta y sacó el pesado cerrojo de hierro. Cuando comprobó el picaporte, sonrió. —Está cerrado con llave. Supongo que olvidé deslizar el cerrojo antes de salir.

—Tienes que ser más cuidadosa —la regañó Clayton.

Callie puso los ojos en blanco y apoyó las manos sobre su pecho.

—Tienes que irte, para que yo pueda poner manos a la obra —dijo Callie mientras lo empujaba hacia la puerta de salida.

—De acuerdo —dijo él resignado—, pero volveré en unos días para ver cómo estás.

—Estaré cortando y cosiendo —respondió con una risita —, eso es lo que estaré haciendo.

Clayton frunció el ceño y luego se inclinó y la besó de nuevo.

—Te quiero, Callie —susurró—, y creo que me moriría si te perdiera.

Nunca le he dicho esas palabras a una mujer en toda mi vida, ni siquiera a mi madre.

—Yo también te quiero, Clay —suspiró Callie—, y no digo esas palabras a la ligera.

VEINTIOCHO

Ten más cuidado

Callie, con una gran sonrisa en su cara, regresó a su taller, con su lámpara en las manos.

Dijo que me ama. No puedo creerlo. Me ama. Me siento como una colegiala enamorada otra vez.

Dejó la lámpara en su mesa de trabajo y se acercó a los rollos de tela que esperaban. Mientras se estiraba para tomar un rollo de seda rosa, alguien le sujetó el cabello haciéndole perder el equilibrio.

¡Mierda! ¡No puede estar pasando otra vez!

—¿De verdad pensaste que te saldrías con la tuya avergonzándome de esa manera, Callie? —gruñó Caine, rodeándola y mostrándole su macabra sonrisa—. Esta noche te enseñaremos una lección que nunca olvidarás.

¿Te enseñaremos? ¿Qué mierda quiere decir con eso?

—Quítale esa ridícula ropa, Caine, quiero comprobar si es verdad lo que han estado diciendo tú y Evan.

Callie reconoció la voz de Martin.

Caine la miró con lascivia. Luego, le sujetó el cuello del vestido y le dio un tirón. Los botones volaron por el aire y ella los oyó repiquetear contra la pared y el suelo.

Estoy harta de esta mierda.

—Suéltame, cabrón hijo de puta —gritó Callie, tratando de arañarle la cara.

Caine le dio una fuerte bofetada y su visión se llenó de pequeños puntos de luz.

—Veo que necesitas entender una vez más quién es el jefe y quién no.

Caine lanzó a Callie sobre la mesa.

—Sujétala, Martin, mientras me quito el cinturón.

No lo harás. Ya aguante suficiente.

Martin sujetó a Callie mientras Caine retrocedía, sacándose a tientas su cinturón. Callie gritó tan fuerte como pudo, se escapó del agarre de Martin, rodeó la mesa ancha y cayó al suelo.

—Joder, Martin —gruñó Caine—, esta fue tu puta idea en primer lugar. Tráela.

—Rompamos la puta lámpara y quememos el lugar —refunfuñó Martin—. Ese era mi plan.

—Lo haremos —gruñó Caine—, pero antes quiero dejarle algunas marcas en su piel y tomarla por el culo.

—Eres una verdadera obra de arte, Caine —se burló Martin.

—Yo quiero follarla —dijo Caine—, pero tú quieres atarla a su cama y quemarla viva. ¿En qué clase de hombre te convierte eso, Martin?

—La arrastremos por las escaleras hasta su cama y acabemos con esto —le gritó Martin.

Cuando los hombres llegaron a la mesa, Callie se metió debajo. Podía ver el movimiento de sus pies. Su mente iba a mil por hora. Necesitaba un arma. ¿Dónde estaban sus tijeras para telas? Si pudiera encontrarlas tal vez tendría una oportunidad de luchar contra estos hijos de puta.

Mierda, ¿dónde dejé mis tijeras? Probablemente están junto a la Singer o en el mostrador donde trabajó Lil.

—Sal y toma tu medicina como una buena chica —dijo Caine, dándole a la mesa un latigazo con su cinturón de cuero. Se inclinó y tomó a Callie, quien seguía debajo de la mesa. Callie tiró una patada y su bota se estampó contra la sien de Caine, haciéndolo tambalear. Rápidamente, gateó hasta el otro lado de la mesa, donde Martin la estaba esperando.

—La tengo, Caine. La tengo.

Siguió el ejemplo de Caine y sujetó a Callie por el cabello.

—Sal de ahí abajo, Callie —siseó Martin. —Tienes que expiar tus pecados para poder estar con los buenos hombres de Ellsworth.

—¿De qué hombres buenos hablas? —espetó Callie—. Aún no he conocido a ninguno.

—¿Ni siquiera ese vaquero al que le has estado abriendo las piernas últimamente? —se burló Caine—. ¿No es un buen hombre?

—Sí, pero él no es de Ellsworth.

—Una cuestión de semántica —respondió Martin y la arrastró hasta que llegó a sus pies—. Entiendes las palabras importantes, ¿verdad, exmaestra de escuela? —le susurró al oído, y luego pasó una de sus manos por su hombro desnudo y por los pechos que habían quedado al descubierto luego de que Caine le rompiera el vestido.

—Tal vez le dé una probadita antes de incendiar el lugar.

Callie le pisó el pie a Martin con todas sus fuerzas.

—No si puedo evitarlo —replicó, tratando de liberarse de su fuerte agarre.

—Hija de puta —gritó de dolor Martin, empujando a Callie hacia la mesa. Se agachó, le agarró la falda y le arrancó lo que quedaba de su vestido y sus enaguas. Tanteó el botón de su pantalón.

—Voy a follarte la boca, el culo y tu coño, perra, y luego mojaré tu cama con aceite y te prenderé fuego. —La apuntó con un dedo huesudo—. Y me quedaré detrás, masturbándome mientras te escucho gritar.

—Eres un enfermo de mierda, Martin —le dijo Caine con

una risita. —Llevemos a esta perra arriba para que podamos empezar a divertirnos —dijo mientras balanceaba su cinturón para azotar el vientre desnudo de Callie.

Callie escuchó el chasquido de un rifle.

—Los dos son unos enfermos de mierda —dijo alguien desde la puerta, sorprendiendo tanto a Martin como a Caine.

Callie giró la cabeza y se encontró con un anciano con un rifle calzado en el hombro.

—Ahora deja a la dama en paz para que se pueda vestir.

—Esto no es asunto suyo, señor —le contestó Caine—. Siga su camino para que podamos divertirnos.

—No —replicó el viejo y apretó el gatillo. Callie se estremeció con el gran estruendo que hizo eco en el pequeño lugar.

La bala penetró a Caine por el entrecejo y le voló la parte trasera del cráneo, salpicando la pared con sangre y materia cerebral. Unos segundos después, Caine cayó al suelo.

Espero que no haya manchado mi tela nueva.

Callie se bajó de la mesa y tomó lo que quedaba de su ropa destrozada.

—¿Tú me vas a hacer caso, amigo? —le preguntó el viejo a Martin.

El tembloroso propietario del mercado cogió a Callie en un intento de usarla como escudo.

—Supongo que no.

El viejo cargó el rifle otra vez y disparó.

La bala destrozó la parte superior de la cabeza de Martin, y salpicó la pared, cerca de los nuevos rollos de tela.

—Perdone el desorden, señorita —se disculpó el anciano cuando la vio mirando horrorizada la sustancia viscosa roja y gris que se deslizaba por la pared.

Callie se estremeció. Cogió los trapos que una vez habían sido sus ropas. La puerta se abrió y Clayton irrumpió en la habitación.

—¿Qué mierda pasó aquí? —balbuceó mientras observaba la escena.

—¿Dónde estabas, muchacho? —preguntó el anciano.

Clayton caminó sobre el cuerpo de Martin y rodeó a Callie en sus brazos.

—¿Estás bien?

Callie liberó toda la tensión de su cuerpo y se desplomó, sollozando en los brazos de Clayton.

—Por supuesto que no está bien, maldito tonto —le regañó el anciano. —Esos idiotas —señaló con la cabeza a los hombres muertos—, amenazaban con hacerle muchísimo daño y luego iban a atarla a su cama y quemar esta tienda con ella gritando dentro.

Se encogió de hombros y meneó su cabeza canosa.

—¿De verdad crees que estará bien después de escuchar eso, muchacho?

Callie lloraba en el pecho de Clayton

—Llévala a tu habitación y ayúdala a vestirse, chico, yo iré a por el comisario.

Varias jóvenes entraron en el edificio, casi derribando al viejo.

—Oh, Dios mío —gritó una de las mujeres cuando vio el cuerpo de Caine—. ¿Qué sucedió?

Mae tomó la mano de Callie.

—La ayudaré a subir y a vestirse, vaquero.

VEINTINUEVE

Ella estará bien

Los minutos se convirtieron en horas mientras el comisario Hayes y sus torpes ayudantes buscaban una solución al asunto. Los hombres desgarbados y nerviosos irrumpieron en la tienda, tumbando los maniquíes y tocando los calzones de seda con las manos sucias. Callie estaba segura de que había visto a uno de ellos meterse varias de las delicadas prendas en los bolsillos de sus pantalones cuando creyó que nadie lo miraba.

¡Hasta ahí llego la ley!

Halcón le contó al comisario Hayes lo que había oído en el Búfalo Furioso y explicó que había ido a la ciudad para seguir a los hombres por si intentaban hacer algo. Había seguido a Caine y a Martin desde la taberna esa noche y los vio entrar en la tienda de Callie por una ventana abierta. El viejo esperó fuera, vio a Callie y Clayton volver de la cena y luego, vio a Clayton irse. Cuando oyó a Callie gritar, entró por la puerta principal y escuchó las amenazas de los hombres. Halcón le dijo al oficial que les había disparado a los asaltantes después de que se negaran a abandonar el edificio pacíficamente. Por el contrario, habían decidido continuar maltratando a Callie. Clayton se vio obligado a interpretar el lenguaje arcaico y el acento de Halcón, pero lo hizo con gusto. El comisario y sus ayudantes declararon unánimemente que el tiroteo era justificado y permitieron a Halcón seguir su camino.

—Ese viejo tiene buena puntería —dijo Hayes riéndose—. No me gustaría ser su blanco.

—Yo tampoco —concordó Clayton, mirando fijamente los cuerpos en el suelo.

—¿Por qué crees que estos dos se arriesgaron? —preguntó el comisario—. Puedo creerlo de ese animal, Caine, pero Martin... —dijo, sacudiendo la cabeza.

Clayton se encogió de hombros.

—A Martin no le agradaba Callie porque pensaba que esta tienda le iba a quitar el negocio, y supongo que Caine ha estado acosando a Callie desde que su exmarido la trasladó a esa casa de huéspedes.

El comisario asintió con la cabeza.

—El viejo dijo que Jamison tuvo algo que ver con este plan... ¿Dónde crees que estuvo esa noche?

—Creo que Evan Jamison estaba muy ocupado esta noche, comisario —dijo Clayton con una sonrisa.

—De acuerdo —dijo Hayes, dándole una palmada a Clayton en la espalda—, cuida a la dama y con mis chicos vigilaremos a Jamison.

—Lo haré —dijo Clayton y estrechó la mano del comisario—. La cuidaré muy bien.

A la mañana siguiente Callie se despertó tiesa y dolorida. Su cara palpitaba y la gruesa magulladura púrpura de su vientre le ardía. Se sentó en la cama y pasó los dedos por su cabello. Algunos mechones color castaño quedaron entre sus dedos. En la cocina, Callie encontró una cafetera calentándose en la estufa. Le agradeció mentalmente a

Clayton por su amabilidad. Se sirvió una taza y se dirigió a las escaleras.

Espero que mi estómago pueda soportar el desastre que me espera abajo.

Al final de las escaleras, Callie percibió el fuerte olor a lejía y oyó el raspado de un cepillo de fregar en la madera. Cuando terminó de bajar, vio a Clayton con un cepillo en la mano fregando la sangre de la pared.

—Yo limpiaré eso —regañó Callie y caminó sobre el piso húmedo. Clayton ya había limpiado la sangre de Caine del piso de madera.

Clayton volteó y sonrió.

—No. Debes descansar.

Callie se acercó a la ventana y echó un vistazo al exterior.

Las sombras le indicaron que debía ser cerca del mediodía.

—Deberías haberme despertado.

Corrió hacia los rollos de tela apoyados en la pared y giró cada uno, examinándolos de cerca en busca de manchas de sangre.

—Gracias a Dios —suspiró cuando no encontró ninguna.

—Mae y Lil vinieron más temprano, y les dije que hoy ibas a descansar —dijo Clayton mientras enjuagaba su cepillo en una cacerola con agua jabonosa.

—Gracias. No me siento capaz de ver a nadie todavía.

Clayton se secó las manos húmedas en sus pantalones y la estrechó en sus brazos.

—¿Cómo te sientes, Callie? —le preguntó, besándole la coronilla

—Estoy un poco dolorida —respondió mientras se relajaba en su cálido abrazo. —¿Quién se llevó los cuerpos? —preguntó Callie, mirando fijamente el punto húmedo del suelo.

—Los ayudantes del comisario se los llevaron a la funeraria anoche. Supongo que notificaron a la esposa de

Martin esta mañana y... la mujer de Caine estuvo aquí anoche.

—Cielos —suspiró Callie, recordando el angustioso grito de la joven la noche anterior—. Trudy.

—¿Quién crees que se hará cargo de su burdel? —preguntó Clayton.

Callie se encogió de hombros.

—Tal vez las chicas se hagan cargo. Ya han discutido bastante sobre los cambios que harían si el lugar fuera suyo.

Clayton le levantó la barbilla con una mano y le sonrió.

—Tal vez ahora que tienen a una mujer de negocios como amiga, ella pueda darles algunos consejos.

—Ya son todas mujeres de negocios —dijo Callie—. Dudo que me quede mucho por enseñarles ahora que saben leer y escribir.

—Lo dudo —resopló Clayton.

Callie dio un paso atrás y le dio un sorbo a su café. Volvió a mirar el suelo y las paredes.

—Gracias de nuevo por ocuparte del desastre —dijo ella plantándole un beso en la mejilla—. No estaba segura de que mi estómago pudiera soportarlo.

Clayton arrugó su nariz y su entrecejo.

—Casi que ni yo pude. —Recogió el cubo de agua sucia —. Sacaré esto para tirar el agua, y luego lavaré este cubo en la bomba que hay detrás de la Casa Ellsworth. Puedes empezar con todo eso —dijo, asintiendo a los rollos de tela.

Tan pronto como Clayton salió por la puerta trasera con el cubo, Callie retomó el trabajo que tenía previsto la noche anterior. Pasó la mano por encima de un rollo de seda azul y lo llevó a la mesa donde lo desenrolló. Tomó los moldes, los alfileres y las tijeras. Cortó durante toda la tarde y al caer la noche, ya tenía cortadas y listas para coser camisolas y conjuntos de seda azules, rosas, amarillos y blancos. Se alegró de sacar cinco juegos completos de cada rollo y guardó los restos de tela para usarlos como adornos en el futuro. Cortó los listones y encajes que necesitaba para cada juego y los colocó con cada uno de los conjuntos ya cortados. Planeaba coserlos al día siguiente, y esperaba que Lil viniera a ayudarla a terminar el trabajo, ayudándola a coser los pequeños botones, hacer los ojales y atar las cintas en las cinturas y los escotes. Para el final de la semana, Callie esperaba tener las prendas terminadas para cumplir con los pedidos que le habían hecho el día de su apertura, y además, llenar sus mesas de exhibición.

TREINTA

Todas son empresarias

Dentro de la tienda, Callie y Mae reponían las mesas y los maniquíes con vestidos cuando de repente algo que por el ruido parecía ser algo sólido pero húmedo golpeó la ventana. Poco después, escucharon el mismo ruido.

—¿Qué mierda fue eso? —dijo asustada Mae y corrió hacia la ventana—. Será mejor que vengas a ver esto, Callie.

—¿Qué pasa? —preguntó Callie, acercándose a la pelirroja, cargando una bata azul zafiro sobre su brazo.

—Esas zorras ahí fuera le están lanzando barro a la ventana —dijo Mae enfurecida.

—¿Qué? —espetó Callie al mismo tiempo que le entregaba la bata a Mae. Se acercó a la ventana y observó cómo se deslizaban los pedazos de barro por el costoso cristal. Callie se sobresaltó cuando otro bulto golpeó la ventana. Este contenía unas pequeñas rocas, lo que provocó un repiqueteo al golpear el cristal

—Si rompen mi ventana, les va a costar muy caro —siseó Callie—. Alcánzame mi pistola. Está en la parte de atrás.

Tras el ataque, Callie había comprado un rifle Winchester y lo guardaba en el cuarto de atrás. También había comprado un revólver Colt que guardaba en su mesita de noche. Callie abrió la puerta y salió a la entrada de madera. En la calle embarrada, cuatro mujeres recogían el lodo para formar bolas y lanzarlas.

—¿Qué creen que están haciendo? —les gritó Callie.

Amelia Martin, la esposa de Carl volteó a mirar a Callie. Dio unos pasos al frente y lanzó una bola de barro a la ventana. La bola, en vez de pegar e el cristal, fue directo al revestimiento blanco de la tienda.

—Estamos cubriendo la porquería que muestra esa vidriera con más porquería —le gritó Amelia.

—¡Así es! —gritó otra de las mujeres y lanzó su bola de barro.

—Corrompes a nuestros niños con las obscenidades que muestras en esa vidriera —gritó otra mujer.

—Y a nuestras niñas también —dijo la última mujer a la que Callie reconoció como Vivian Hardin, la madre de Polly. Vivian lanzó una bola de barro, pero no le apuntó a la ventana. Su proyectil golpeó la cabeza de Callie. Estaba llena de piedras del tamaño de un pulgar, por lo que si hubiera golpeado la ventana, habría roto el cristal.

—Es suficiente —gritó Callie y dio un paso fuera del porche—. Aléjense o...

—¿O qué? ¿qué harás? —murmuró Amelia—. ¿Nos dispararás? —Le lanzó otra bola al vidrio. Callie saltó del susto cuando oyó que cargaban un rifle detrás de ella.

—Puede que la Callie no les dispare —gritó Mae—, pero yo sí lo haré.

Se puso al lado de Callie, levantó el rifle y se lo puso en el hombro.

—Ahora lárguense.

—No tienes derecho a amenazarnos, sucia...

Vivian no pudo terminar su comentario ya que una bala del rifle de Mae voló las plumas de su bonete. Las cuatro mujeres huyeron despavoridas, sosteniendo sus bonetes con las manos llenas de barro.

—Perras estúpidas —siseó Mae, se dio la vuelta y volvió a entrar en la tienda.

Trudy, Tabby y Lil, quien venía un poco más atrás, corrieron hasta la tienda desde la casa de Ellsworth.

—¿Dónde se fue esa bandada de viejos cuervos? —preguntó Tabby.

Lil observó el barro que se deslizaba por la ventana y exhaló.

—Puedo adivinar lo que estaban haciendo.

—¿Quién disparó? —preguntó Trudy, notando las manos vacías de Callie.

—Yo lo hice —dijo Mae, saliendo de la tienda con un trapo mojado en la mano—. Mira lo que le hicieron a la ventana de Callie... y a ella —añadió mientras limpiaba el barro de la sien y el cabello de Callie.

—¿Estás herida? —preguntó Lil acercándose a Callie.

—No, estoy bien —dijo, alejándose de las preocupadas mujeres—. Aunque espero que no hayan roto el cristal.

Tabby se acercó a la ventana para inspeccionarla.

—Parece estar intacta. Trudy y yo conseguiremos un cubo de agua y lavaremos este desastre, Callie.

—Gracias, chicas —dijo Callie con incomodidad, evitando mirar a Trudy a los ojos. No se habían dirigido la palabra desde la muerte de Caine. —Se los agradezco mucho, pero si están ocupadas, puedo hacerlo yo misma.

—Deja, lo haremos nosotras —dijo Tabby tirando del brazo de Trudy.

—Qué buenas chicas —les gritó Lil mientras instaba a Callie a entrar a la tienda—. Ellas se encargarán de limpiarlo, cariño. Te ayudaré a limpiarte.

Callie se secó una lágrima.

—No entiendo por qué no me dejan tranquila para que pueda seguir con mi negocio —dijo entre sollozos—. He sido cuidadosa en mantener mi vidriera decente.

—Y mira a dónde te ha llevado eso —susurró Lil—. Si

fuera mi vidriera, la llenaría de corsés y calzones. Dales a esas zorras algo para que se les salte la térmica —dijo entre risas mientras sentaba a Callie en la silla detrás del mostrador y con el trapo de Mae limpiaba el barro de la cabeza de Callie

—Vas a tener un moretón en la frente —dijo con un suspiro.

—Uno más a la lista —dijo Callie encogiéndose de hombros y apartó la mano de Lil—. Estoy bien.

—Lo sé, cariño.

Le entregó el trapo a Callie y se volteó para ver la nueva bata que estaba sobre la mesa.

—¿Tienes esto listo para exhibirlo?

—Sí, estaba a punto de ponerlo en un maniquí cuando Mae me avisó lo de la vidriera.

Lil cogió el vestido y sonrió.

—Deja que Mae y yo preparemos la vidriera hoy.

—Cielos —suspiró Callie, poniendo los ojos en blanco—. No hagan nada que provoque a los progresistas... o a los bautistas.

—No te preocupes, cariño —dijo Lil agitando su mano llena de joyas—, será discretamente sugerente, pero de buen gusto.

Callie levantó las manos en alto en señal de resignación.

—Lo dejo en tus capaces manos, Lil

Contempló la ventana que Tabby y Trudy estaban limpiando mientras sonreían y saludaban desde el exterior.

—Pensé que Trudy se enfadaría conmigo —le dijo Callie a Lil.

—Está encantada de estar dirigiendo la Casa Ellsworth —explicó Lil mientras deambulaba por las mesas seleccionando prendas para el escaparate.

—¿Cómo va eso? ¿Qué tal la transición?

—Suave como la seda, cariño —dijo Lil con un guiño—. Creo que recibirás algunos pedidos de vestidos de lujo y nuevos juegos de cama para embellecer las habitaciones.

—Eso es genial. ¿Quién lo pagará? ¿La gerencia? ¿O recaerá en cada una de las chicas?

—La gerencia se hará cargo del costo de lo que esté en las habitaciones, pero las cosas se quedarán allí. En caso de que las chicas se vayan de temporada, no podrán llevarse las cosas. Además, la gerencia se encargará del desembolso inicial de la ropa y las chicas lo pagarán en cuotas.

—Maravilloso —dijo Callie—. Espero con ansias los pedidos.

—Estaba preparando un pedido cuando escuchamos los disparos. Será mejor que lo haga cuanto antes para poder traerlo por la mañana temprano cuando venga a preparar el escaparate.

La saludó y caminó hacia la puerta trasera.

—¿De verdad vas a dejar que esa anciana prepare el escaparate? —preguntó Mae una vez que Lil se había ido.

Callie sonrió y se encogió de hombros.

—Le daré una oportunidad.

Ambas saltaron del susto cuando Clayton entró corriendo por la puerta.

—¿Qué carajo pasó aquí? —Estrechó a Callie en sus brazos—. Las chicas del frente me dijeron que te golpearon en la cabeza con piedras.

Vaya, sus abrazos se sienten muy bien.

—Estoy bien —dijo Callie, dirigiendo la mano hacia el punto sensible de su sien—. Amelia Martin intentó vengarse junto con Vivian Hardin y un par de otras que arrastraron con ellas para que les dieran apoyo moral.

Se alejó y le sonrió a sus hermosos ojos azules.

—No pasa nada.

Voltearon cuando Tabby golpeó el vidrio.

—Todo limpio, señorita Callie —dijo la joven rubia con una amplia sonrisa, agitando la mano que sostenía el trapo sucio.

—¡Gracias, chicas!

—Fue muy amable de su parte limpiar todo el desastre —dijo Clayton con su brazo alrededor de Callie.

—Todas las mujeres de la Casa Ellsworth me han ayudado mucho.

Callie suspiró y observó las mesas de exhibición, las cuales estaban llenas de prendas dobladas y maniquíes cubiertos con batas y vestidos recién hechos.

—No podría haber hecho nada de esto tan rápido sin la ayuda de Lil y de las chicas.

—Ya que mencionas a Lil... —dijo él, aclarando su garganta.

—¿Qué pasa con Lil? —preguntó Callie con la ceja levantada.

—Creo que deberíamos invitarla a cenar al Filete Jugoso.

Callie frunció el ceño confundida.

—Estoy de acuerdo, pero me sorprende un poco que seas tú quien haga la oferta.

—Te ha ayudado mucho, ¿verdad?

—Sí, eso es verdad —suspiró Callie, mirando el maniquí con la bata azul zafiro—. Sin duda lo ha hecho.

—Está decidido entonces —dijo, dándole un apretón en su hombro—. Invitaremos a la señorita Lil a cenar mañana por la noche. Las veré allí a las seis.

¿Qué se trae entre manos este hombre?

TREINTA Y UNO

¿Qué se trae entre manos?

—¿Te apurarías un poco, anciano? Le dije a Callie que nos reuniríamos con ella a las seis y ya son casi las cinco.

—Deberías avisarle con tiempo a un anciano cuando haces planes con él incluido, muchacho —refunfuñó Halcón mientras se abotonaba los nuevos pantalones de lana que Clayton le había comprado junto con una chaqueta, una camisa de algodón y una corbata de cuerda a juego. —No sé por qué tanto alboroto. ¿Piensas pedirle a esa linda chica que se case contigo o algo así?

Clayton sonrió.

—Algo así —murmuró Clayton. —Vas a arruinar todo si no te vistes, viejo —le dijo Clayton.

Había sido un largo día. Callie y Lil se sentaron y disfrutaron de tazas de café caliente, mientras esperaban a que Clayton llegara.

—Entonces, ¿qué te pareció el escaparate? —preguntó Lil mientras untaba una galleta con mantequilla.

El escaparate que había preparado Lil la había

sorprendido gratamente. Aquella mañana, Lil llegó temprano junto con dos jóvenes que arrastraban una cama con ellos desde la Casa Ellsworth. A los jóvenes, quienes iban regularmente a la pensión con leña para las estufas, los había reclutado Lil para desmontar, llevar y volver a montar la cama en el escaparate de Callie. La anciana había hecho la cama con uno de los conjuntos que tenía un bonito estampado de campanillas con volantes blancos de ojales y faldón de cama. Luego colocó el maniquí con la bata azul al lado y le añadió un sombrero de vaquero y espuelas a la cabecera de la cama. Como prometió, el escaparate había quedado sugerente pero discreto. Se mostraba la bonita ropa de cama, así como la bata y un juego de camisolas y calzones de color azul pastel que Lil había añadido debajo de la bata.

—Me encanta. Es como lo prometiste; sugerente, pero discreto.

—Quería darles a esas zorras de la iglesia algo para cacarear durante las próximas semanas —dijo Lil con una sonrisa pícara en sus arrugados labios.

—De hecho, debería darles algo de qué hablar.

—Bueno —dijo Clayton, aclarando su garganta con nerviosismo—, aquí están. Traje a un amigo, que me ha ayudado tanto como esta fina dama ha ayudado a Callie.

Clayton se movió a un lado, dejando a Halcón a la vista.

—Me gustaría presentarles a...

—¿Daniel Hawkins? —preguntó sobresaltada Lil, tanto que casi se le cae la taza de café. —¿De verdad eres tú? —preguntó llevándose la mano hasta la boca al tiempo que soltaba una bocanada de aire.

El viejo se acercó, mirando a la mujer.

—¿Lil? ¿Lil Clayton? —exclamó.

Su mirada pasaba de la mujer al vaquero con el que había estado compartiendo la casa.

—Ella es mi Lil, muchacho —dijo con lágrimas en los ojos

—. Ella es la mujer de Fredericksburg de la que te he hablado tanto.

—Lo sé, viejo —dijo Clayton mientras lo ayudaba a sentarse en una silla entre Lil y Callie—. Ya lo sé.

Callie, con los ojos como platos, miró a Lil y luego a Clayton.

Ay, Dios mío. Tienen los mismos ojos azules y el mismo cabello fino y canoso.

—¿Clayton? —exclamó Callie y le tomó la mano con fuerza.

Lil siguió los ojos de Callie y observó al vaquero.

—¿Este es tu hombre? —preguntó Lil— ¿Tu Clayton? —La anciana miró con atención los ojos azules del vaquero. —¿Andy? —susurró con labios temblorosos—. ¿Eres mi Andy?

—Sí, mamá, soy yo —respondió mientras miraba a Callie —. Andrew Jackson Clayton.

—Oh, cariño.

La anciana se lanzó a los brazos de su hijo perdido, sollozando.

—Te he buscado por todas partes.

—Lo sé, mamá —dijo Clayton, abrazándola—. Lo sé.

—Bueno, esta se acaba de convertir en una hermosa noche —suspiró el anciano, sonriéndole a Callie, a quien le corrían lágrimas por las mejillas.

Una vez terminada la emotiva reunión, festejaron con el pollo frito, el puré de patatas y las judías verdes de la señora Jenkins. Durante la noche, Lil sostuvo la mano de Halcón por un tiempo y luego la de su hijo.

—¿Por qué no viniste a mí antes? —preguntó Lil.

—No estaba seguro de que fueras tú —admitió—, hasta que Callie me dijo el otro día que habías venido a Kansas desde Texas.

Lil se sonrojó.

—Me llamaban Lil ,de Texas.

—También me lo contó —dijo Clayton, mirando incómodamente a Callie.

—Pregunté por ti en todas partes, Andy. Debí haberme imaginado que te habrías cambiado el nombre.

—Mantuve el nombre Clayton por respeto a mi padre —explicó, mirando a Halcón—. ¿Por qué nunca me contaste sobre él, mamá?

—Un niño necesita un adulto que pueda respetar, y sabía que no era yo, así que decidí darte un padre héroe, y contarte que murió a manos de los indios salvajes, protegiendo a su hijo indefenso.

—Te lo agradezco —dijo Clayton mientras apretaba la mano de Lil—. Podrías haberme echado en cara su cobardía todas las veces que era un imbécil contigo. Pero no lo hiciste.

Lil sonrió

—¿Y sacaste tu nuevo apellido de tu poni?

Los ojos de Clayton se abrieron de par en par.

—Amaba a Swifty —admitió.

—Lo sé, Andy —respondió ella acariciándole la mano—. Sé cuánto lo amabas.

Lil se volvió hacia Halcón y le sonrió cálidamente.

—¿Y qué hay de ti, Daniel? ¿Cómo has estado todos estos años desde la última vez que te vi?

—Me conoces, Lil —dijo con una gran sonrisa en su cara afeitada—. Vagué por aquí y por allá. Volví a Fredericksburg a buscarte, pero me dijeron que te habías ido a buscar a Andy. Seguí buscándote. Me aferré a esto.

Sacó un pañuelo del bolsillo.

—Juré que te encontraría y que te lo devolvería algún día.

—¿Durante cuarenta años? ¿En verdad has cargado esta cosa vieja por cuarenta años? —preguntó Lil mientras miraba fijamente el viejo pañuelo de lino bordado.

—Me parece que los dos habéis estado vagando en busca

de alguien durante cuarenta años —suspiró Callie mientras le daba un mordisco a la tarta de melocotón.

—Ahora, la pregunta es... —dijo Halcón mientras ponía su taza de café sobre la mesa—, ¿qué vamos a hacer ahora que todos nos hemos encontrado?

—La verdad que no...

El comentario de Clayton se apagó cuando una multitud bulliciosa entró corriendo en el café.

—Jenkins, queremos una mesa y una botella de vino —gritó el señor Hardin al entrar al café empujando a su hija y a Evan dentro de la sala—. Mi pequeña se acaba de casar y su nuevo marido invitará la cena de la boda para celebrarlo.

Callie observó que detrás de ellos, Hiram y sus dos hijos cargaban escopetas, y que Evan tenía un labio partido y un enorme ojo morado.

—Parece que el novio necesitaba un poco de convicción —comentó Halcón soltando una risotada.

Polly caminó junto a Evan y le frunció el ceño a su padre. Vivian, la madre de la novia, quien sostenía un bebé inquieto en sus brazos, le daba empujoncitos a la novia para que avanzara.

—La novia tampoco parece estar muy contenta con la situación —comentó Callie.

—Esa chica estaba en la Casa Ellsworth el otro día preguntando por una habitación... en el primer piso —comentó Lil guiñándole un ojo a Callie.

—Cielos —dijo Callie, devolviendo la sonrisa de la anciana.

El señor Jenkins se adelantó a los nuevos comensales y juntó algunas mesas. Jenkins le pidió permiso a una mujer, quien miraba al grupo recién llegado con lágrimas en sus grandes ojos marrones. Callie la reconoció. Era la nueva maestra de escuela.

Otra que debe haber tenido la esperanza de convertirse en la próxima esposa de Evan Jamison.

Alguien apoyó una mano en el hombro de Callie. Levantó la vista y se encontró con el juez Sterling sonriéndole.

—Acabo de unir a esos dos en matrimonio —dijo, señalando a Evan y Polly.

Cuando el juez observó la mano de Callie en la de Clayton, sonrió aún más.

—¿Debería guardar un lugar en mi agenda para ustedes dos?

El juez siguió adelante cuando los invitados de la boda comenzaron a sentarse.

—Lo siento —se disculpó Callie ruborizada—. Es común que el juez se tome una copita por las tardes.

Clayton le estrechó la mano y sonrió.

—En realidad es algo en lo que estado pensando últimamente.

—¿En qué has pensado, Andy? —preguntó Lil con una amplia sonrisa.

Clayton se volvió hacia su madre.

—¿Crees que Callie sería una buena nuera?

—Sería la mejor de las nueras —dijo Lil y le dio una palmada en la mano a su hijo—, pero deberías preguntárselo a ella, cariño, no a mí.

Clayton le sonrió con timidez a Callie.

—¿Qué te parece?, ¿considerarías casarte con un pobre ranchero ahora que eres una próspera empresaria independiente?

Callie miraba anonadada a las tres personas que le sonreían expectantes alrededor de la mesa.

Debe ser la propuesta de matrimonio más lamentable y menos romántica que he escuchado en mi vida.

—¿Debería pedirle al juez Sterling que venga a realizar la ceremonia aquí y ahora? —preguntó Callie con una risa incómoda.

Halcón aclaró su garganta, tomó la mano de Lil, y balbuceó mientras miraba a los ojos de la anciana.

—Solo si puede hacer una ceremonia doble.

Los ojos de Clayton se abrieron de par en par.

—¿Qué? —exclamó el anciano—. He esperado cuarenta años para casarme con esta mujer.

Lil miró fijamente a Halcón y luego a Callie.

—¿Qué dices, cariño? —preguntó, secándose una lágrima con el delicado pañuelo que Halcón había cargado durante tanto tiempo y que le acababa de devolver. —¿Nos casamos con estos dos vagabundos y los convertimos en verdaderos hombres?

Callie sonrió y se encogió de hombros.

—No veo por qué no.

TREINTA Y DOS

¿Por qué no?

Ninguna de las dos mujeres se vistió de blanco. No obstante, sus vestidos eran hermosos. Lil llevaba un vestido de satén color azul zafiro y Callie un vestido color amarillo narciso que resaltaba los tonos rojos de su cabello castaño. Clayton y Halcón se veían guapos con sus trajes negros. Mae acompañaba a Callie y Trudy a Lil. Ambas estaban deslumbrantes en vestidos de color rosa pastel. Ninguna de las dos parejas quiso pronunciar sus votos en la iglesia, así que el juez Sterling realizó la ceremonia en el jardín del juzgado. Dado que la comida y la bebida eran gratis, la mayor parte del pueblo presenció la doble ceremonia. Los músicos aparecieron entre la multitud y el baile no tardó en comenzar bajo la sombra de sicomoros y arces.

—Fue una boda muy bonita, Callie —le dijo Mae cuando le entregó una taza de zarzaparrilla de la mesa de refrescos preparada por el señor y la señora Jenkins. Callie y Clayton estaban bajo la sombra de un arce en el césped del juzgado.

—¿Clayton y tú vivirán en la tienda o en su rancho? —preguntó Mae mientras bebía su zarzaparrilla.

—Estoy pensando en una habitación en la Casa Ellsworth —bromeó Clayton y tomó un trago de cerveza.

Mae puso los ojos en blanco.

—Lil dijo que el anciano le está construyendo una casa. ¿Es verdad?

Clayton tosió, escupiendo un poco de cerveza. Callie se rio.

—La verdad es que Clayton es el que está construyendo la casa mientras Halcón mira y da consejos —dijo Callie cuando sus ojos encontraron a la pareja de ancianos bailando con otros en el césped. —Clayton le dio a Halcón una esquina de su propiedad y le está ayudando a construir una casita para él y Lil.

—Qué ternura —suspiró la linda pelirroja.

—¿Te gustaría bailar? —El amigo vaquero de Clayton, Tom Draper, le preguntó a Mae.

—Me encantaría —dijo ella y tomó la mano del vaquero.

Clayton levantó una espesa ceja gris y sonrió.

—Ese chico ha estado buscando una esposa durante meses.

Callie negó con la cabeza.

—Puede que sea buena en el dormitorio —suspiró Callie —, pero no sabe cocinar ni unos fideos.

Observaron a los dos jóvenes unirse a los otros bailarines.

—Dudo seriamente que las habilidades culinarias de Mae estén en la lista de prioridades de Draper —dijo Clayton entre risas.

Callie sonrió y apoyó su cabeza en el hombro de Clayton.

—Probablemente tengas razón.

Clayton se inclinó y besó la coronilla de Callie.

—Halcón y yo somos hombres muy afortunados.

—¿Por qué lo dices? —preguntó Callie.

—Los dos tenemos mujeres tan creativas en el dormitorio como en la cocina.

Una sonrisa se extendió por la cara de Callie.

—De hecho, tienes razón, Andrew Jackson Clayton, y no lo olvides nunca.

—Así que... —alguien dijo detrás de ellos—, este es un día feliz para los dos, Callie.

Callie volteó y vio a Evan con una sonrisa en su cara.

—¿Por qué, Evan? ¿Porque Polly ya está embarazada otra vez?

La sonrisa de Evan desapareció.

—No —espetó—, porque ya no tengo que pagar tu estadía ahora que has encontrado un tonto que lo haga por mí.

Clayton apartó a Callie y le lanzó un puñetazo a la mandíbula de Evan, quien cayó al césped.

—Esa joven esposa tuya —dijo Clayton, sonriendo a Evan—, parece ser muy fértil. Apuesto a que puede tener un bebé cada año durante los próximos diez años. Espero que tu casa tenga espacio para acomodar a ocho o diez niños llorones.

—Ni de cerca —dijo Callie, frunciendo el ceño a su exmarido—. Va a tener que construirle a Polly y a sus hijos una casa nueva.

Querido lector,

Esperamos que hayas disfrutado leyendo *La Mujer Sin Marido*. Tómese un momento para dejar una reseña, incluso si es breve. Tu opinión es importante para nosotros.

Atentamente,

Lori Beasley Bradley y el equipo de Next Chapter

Agradecimientos

A este libro, que cuenta la historia de una mujer fuerte, se lo dedico a mi hija, Tiffany Beasley Rock, otra mujer muy fuerte, y además, una excelente narradora de historias.

Gracias, Dan Holmes, por todos tus aportes y por tu ayuda en la edición. Te quiero.

También me gustaría darles las gracias a mis lectores. Los aprecio a cada uno de ustedes. ¡Gracias a todos!

La Mujer Sin Marido
ISBN: 978-4-82411-480-8

Publicado por
Next Chapter
1-60-20 Minami-Otsuka
170-0005 Toshima-Ku, Tokyo
+818035793528

13 noviembre 2021

www.ingramcontent.com/pod-product-compliance
Lightning Source LLC
LaVergne TN
LVHW091411190726
843491LV00006B/1375

* 9 7 8 4 8 2 4 1 1 4 8 0 8 *